作家と犬

平凡社

目次

I　わが家へようこそ

Ⅱ 犬に名前をつけるなら

Ⅲ うちの名犬自慢

Ⅳ　犬たちの不思議

Ⅴ　いつもの散歩道

Ⅵ お別れの日

Ⅶ 犬と暮らす心得

題字　塩川いづみ
装幀　佐々木暁

作家と犬

I　わが家へようこそ

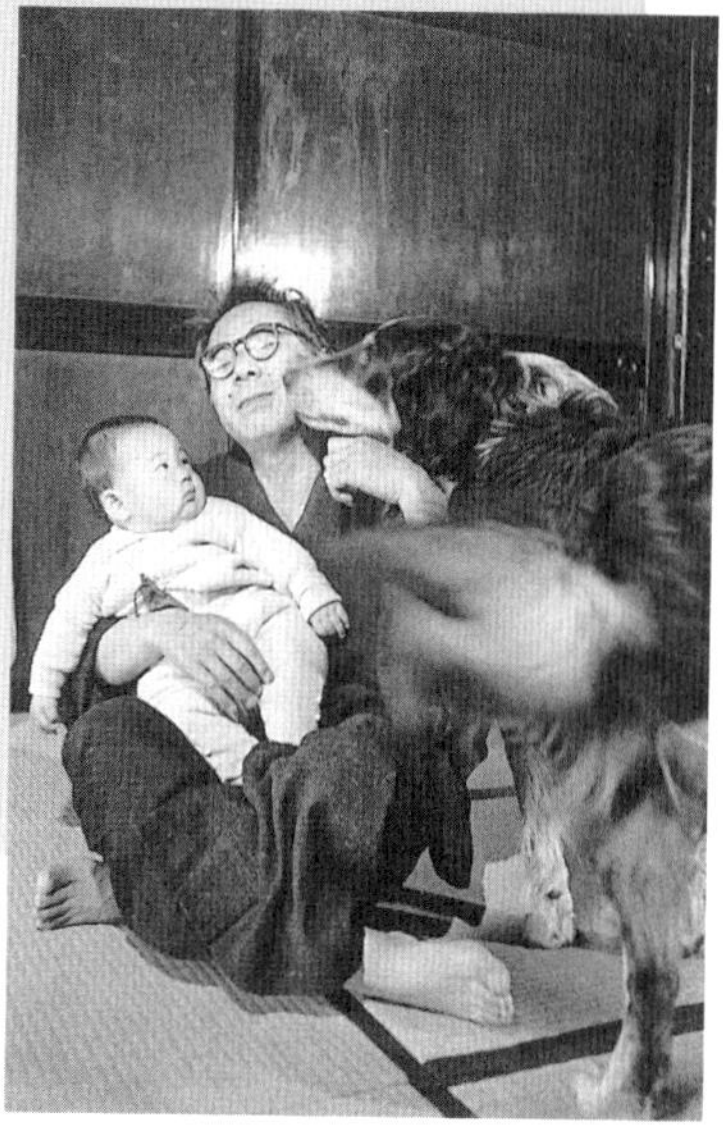

長男を抱く坂口安吾とコリー犬のラモー

犬の定義と語源

家に畜《たくわ》ふ獣の名、人の善く知る所なり、最も人に馴れ易く、怜悧にして愛情あり、走ること速く、狩に用ゐ、夜を守らするなど、用少からず、種類多く、近年、舶来の種ありて、愈、一ならず。(原文はカタカナ)

『言海』大槻文彦著、ちくま学芸文庫

イヌ科の動物。嗅覚と聴覚は極めて鋭く、狩猟用、警察用、労役用、愛玩用などとして広く飼養される家畜。『犬は三日飼えば恩を忘れない』『犬の遠ぼえ〔＝臆病者が陰でいばったり他人の悪口を言ったりすること〕』『犬も食わない〔＝ばかばかしくて誰もとりあわない〕』

『現代国語例解辞典 第五版』小学館辞典編集部編、小学館

犬は古くから人間に密着した動物であり、その名も擬声語による。『大言海』はワンワンという犬の鳴き声によるか、としているので、wan→wanu→wenu→enu→inu という変化を考えてのことか、あるいは犬はキャンキャンとも鳴くから、kyan→kyen→yen→en→enu→inu という変化も想定できる。しかし犬の声というなら、ワンワンやキャンキャンという鳴き声のほかに、ウォーッと吼《ほ》えたり、ウィーンと唸ったりするいろいろの犬ことばがあるから、犬の声語源説に結びつけるのならば、犬のインインという擬声語から出たと見て取るのがよいのではないか。すでに高田与清は「もと唸声《うなるこゑ》のウエヌ〱、約《つづま》ればワンワンとも聞ゆ、といふより呼びし名にて宇《ウ》は省きては恵奴《ゑぬ》といひ、恵を省きては宇奴《うぬ》といひ、宇を通はしては以奴《いぬ》ともいふなり」（松屋叢考）と近世人らしく持って回っている。漢字の「犬」の字音 ken は、おそらく犬の鳴き声の擬声語キャンに基づいていよう。

『語源辞典　動物編』吉田金彦編著、東京堂出版

犬の定義と語源

ヒト、イヌに会う

押井守

何を隠そう、実は自分の前世は犬だったのであり今の自分はイヌの生まれ変わりなのではないか――という思いにとり憑かれたのが十年ほど前。

話せば長くなるので大幅に省くが、ある映画[*1]の撮影中に、電光の如く閃いたその啓示は、その後の人生を大きく変えることになるのだった。


思い当るふしは、それこそ山ほどあった。

あちこちで言いふらしてきたことなので、ここでまた繰り返すのは気がひけるのだが、このことを書いておかないと話が始まらないので敢えて繰り返すことにする。
一、道端で飯を喰うことを好む。
　立喰いソバ屋や牛丼屋に頻繁に出入りし、アンパンやアメリカンドッグなど、歩きながら喰えるものに対する嗜好が激しい。
二、食物一般に対して強烈な独占欲を有する。
食事中に話しかけられても全く聴こえない。保存食糧を買い占めたがる。食い物を貰ったり食事をオゴられると、ごく自然に義理を感じる。[*2] 自分の口の中に入ったものしか信じない
――等々、この飽食の時代に明らかに逆行する傾向を示す。
三、あらゆるものの匂いを嗅ぎたがる。
腐ったセル絵具[*3]からヘソをいじくった指先に至るまで、慢性鼻炎気味で嗅覚が鈍いはずなのに、気がつくと匂いを嗅いでいる。脱ぎ捨てたパンツも洗濯機に放り込む前に必ず嗅ぐ。
四、マーキングの習性を有する。
たとえ会議中だろうと食事中だろうと、催せば即中座して用を足す。特に自分のテリトリー外（他人の職場、家庭、喫茶店等々）に侵入した場合、トイレを借りて〈大〉を済ませたくなる。おそらく自己主張の為であろう。
五、啼く。
睡眠中ヒクヒクと動き、哀れっぽい啼き声をたてる。この癖の為に、幼少時には同室だった兄に度々殴られ、アニメスタジオの慰安旅行では同僚に不気味がられる。現在でも啼く。

きりがないので割愛するが、自分は犬であり、この世に生まれ落ちた瞬間から人間の皮を被って人間のふりをして生きてきたのだという事実に気づいた時から、犬と暮らしたいという思いは、ほとんど妄執と化した。

犬を抱きたい。

犬と風呂に入りたい。

犬と一緒に寝たい。

だがしかし――悲しいかな、当時の私はマイナーの烙印を押された〈仕事に不自由な監督〉であり、[*4] ペット禁止の民営アパートに奥さんと二人、素麺をススる日々を送っていた。

非合法な手段に訴えることも考えたのだが、猫ならばともかく――犬は吠えるし、運動だって必要だし、日々のウンコの量も馬鹿にならない。隣近所に隠れてアパートに野良犬を引っ張り込み、あまつさえ同棲しようなどという行為は税務署をダマすより難しく、事実上不可能と言っても過言ではない。

このまま欲求不満の日々を送りつづければ、いずれは散歩中の他所《よそ》様の犬にいきなり抱きつくという暴挙におよび、殴られ、咬みつかれ、警察を呼ばれて破滅する。

そんな妄想に脅えて暮らす日々がつづいた。

家を手に入れるしかない。

家なんか一生持ちたくないと思っていたが、この際そんなこと言っちゃいられない。ここは一番、庭つきの家を手に入れるしかないと腹をくくった。

腹はくくったが、庭つきの家はお金を出さなければ買えないし、そのお金はこの日本で通用するものでなければならず、どんなに心血注いで稼いでもモンスターを倒して手に入れるゴールドの如き虚構のお金[*5]ではダメなのだ。お金は仕事をしなければ手に入らない——とまあ、そういう当然の結論にたどりつくまでにジタバタと数年を要した。

一念発起して売れる映画をカントクせねば——と思ったわけでは全然ないのだが、たまたまカントクしたアニメがバカ売れし[*6]、この印税をアタマ金に、めでたく熱海の山に家が建ち、準備は万端整った。

一緒に暮らすならバセットと決めていた。

バセットハウンドという犬に関する知識は皆無に近かったが、あの眠そうな顔と短い足は、怠惰で短足な犬男のトーテムに相応しいとこれまた勝手に決めていた。

困難を極めたバセット捜しの仔細はまたまた大幅に省略するが——ついにその日がやってきた。

ひと足先に我が家の一員となった猫のねねと共に[*7]、仔犬を迎えに行った奥さんの帰りを待つこと十数時間に及ぶ深夜。庭の砂利をタイヤが踏む音が響き、早鐘の如く鳴る胸おさえつつ戸を開ければ、熱海とはいえ山の中である。一寸先も見えぬ真の闇より仔犬のヒンヒンと啼く声が微かに聞こえ、目を凝らして身を乗り出したその胸に、抱くより前に仔犬がしがみついてきた。

全身に電流が走った。

胸の中の仔犬は暖かく、柔らかく、ウンコ臭く、[*8]そして想像したよりもずっと重かった。[*9]

ヒト、イヌに会う。

それは人と犬が数万年の歴史の中で無数に繰り返してきた出会い同様、運命と呼ぶに相応しい出会いだった。

だがしかし、勝手な感動にうち震えていたその時の私はまだ気づかなかった。

その出会いが、実はその後につづく文字通りクソまみれシッコまみれの闘いの始まりを告げていたことに——。

＊1「ある映画」　飼主の実写第一作『紅い眼鏡』（1986オムニバスプロモーション）。飼主が世間をナメる原因のひとつとなった。

＊2「義理を感じる」　現在は感じない。

＊3「腐ったセル絵具」　アニメに使用する絵具も古くなれば腐る。独特の匂いがする。

＊4「当時の私は…であり」　前述の映画につづき『天使のたまご』というアニメ作品を監督したことが決定打となり、飼主に演出依頼が全くこなくなった件を指す。

＊5「モンスターを…虚構のお金」　ゲーム内で流通するお金。飼主はこのお金が現実に使えないことに疑問を抱き、後に『アヴァロン』の企画を生み出す契機となった。

＊6「たまたま…バカ売れし」『機動警察パトレイバー』シリーズ（1988〜バンダイビジュアル）。生活に困窮して演出を引き受けた。

＊7「ひと足先に…猫のねね」　知人の仲介で獣医さんから貰い受けた。謝礼としてビール券を差し上げたが、これが後に「ビール券で貰われてきた猫」という汚名（！）の原因となる。アタミ引越し以前から非合法に同居していた。

＊8「ウンコ臭く」　運んでくれた五嶋先生の車の中でウンチしていた。妙に薬品臭く、これが飼主のフード嫌いの原因となった。

＊9「重かった」　ガブはアタミにやって来た時点で7キロ以上あった。バセットの仔犬として標準なのかどうかは不明。

老人と老犬

団鬼六

ラブラドール・レトリバーのアリスは麻布のペットショップで半ば酔った勢いで買った犬だ。買うにあたって条件は室内犬のようにキャンキャン吠える犬ではなく、どっしりとした優雅な大型犬でなければならない。そして、血統書付きであること。こんなところは我ながら、祖父、父の見栄が私に遺伝していると自覚せざるを得ない。

女性編集者二人に連れて行かれたその店は、ラブラドール・レトリバー専門のペットショップだった。最初、私はあまりラブを好きになれなかった。店の看板犬になっているラブの成犬を見ながら私は店主にこう聞いた。

「ラブラドールはこれ以上、大きくならないのですか」

店主は、ああ、これが限界です、と答えた。

「そのズタ袋みたいな垂れ耳は何とかならないのですか」

ああ、それは何ともなりません、と店主はちょっとムッとして言った。犬といえばシェパードしか認めないと思っていた私だが、シェパードはいわば戦前を代表する軍用犬であり、現代を代表する大型犬はラブラドールだと店主は言うのだ。当時ラブは大ブームの犬種だった。

有栖川《ありすがわ》公園の近くのペットショップで買ったから名前はアリスと名付けた。

犬は番犬になってこそその価値があるものだから、当然外で飼うものと思っていたが、私の飼った歴代の犬を探しても、室内犬になったのも、そして牝犬もアリスだけだった。

もともと介助犬とか盲導犬になる犬種であるから人にぴったり寄り添う習性があるのだろう。アリスはどうしても外で寝なかった。外で飼おうと庭に放つが、家に入れろとキャンキャン鳴き喚く。近所迷惑にもなるし、もうええではないか、入れてやれ、と私が半ば諦めて妻に言うと、妻は、しつけは最初が肝心です、と五万円もする犬小屋を設えて一緒に犬小屋に寝てやった。ところが朝起きてみると、犬小屋に寝ているのは妻で、私の布団に潜りこんで寝ているのがアリスであったから、妻の憤慨も収まらず、

「何で私が犬小屋に寝て、アリスがあなたの布団で寝るのよ！」

と言って、まるで愛人と妻の取っ組み合いの喧嘩が始まりそうな感じがあった。するとまだ生後四、五カ月のアリスは潤んだ目で私を見上げて、おずおずと私の身体に身を摺り寄せて眠

るのだった。
　はあ、これが牝犬か、と今までの犬とはだいぶ違う所作に感心したものだ。

　私はいつしか、アリスを連れて近くの居酒屋、酒場、寿司屋に出入りするようになった。そういえば、私の父もよく犬を飲み屋に連れて行った。今になってその心境がわかる気がする。アリスはいつもスタンドで座って飲む私の足元に身を丸めて伏せているだけだが、あまり長居をすると、前足で私の足を引っ掻き始める。いい加減にしてもうそろそろ帰りましょうよ、と催促している感じでそれで私も引き揚げることになる。愛犬ではなく愛人を連れてハシゴして廻っているような錯覚すら覚えるのだ。やがて我々の姿を見て近所の犬好きの老人たちも犬を連れて飲み出すようになり、居酒屋は老人と犬たちの平和郷となった。女なしの老年の夕映えの世界、それもまた美しいかもしれぬと思えてきたのだ。

　私は七九歳になり、アリスは十一歳だ。アリスも老犬になった。居酒屋にアリスを連れて行く事も極端に少なくなった。もう、散歩をねだる事も、飛びかかってじゃれつく事もない。それでもアリスは以前と変わらずいつも私の周りにくっついている。老犬になってからのほうが、その愛情やいたわりがねっとりと深くなったような気もするのだ。

私の一挙一動に神経を集中させている。トイレに立つ時もどんなに寝ていてもついてくる。風呂に入っている時はその戸の横でずっと待っている。妻や息子がアリスを散歩に連れ出そうとしても私が連れて行かない限り、四十キログラムにもなる巨体は梃子でも動かない。透析に通う私の後ろから玄関まで必ずついてきて心配そうにとろんとした上目づかいで見送る。もうあなたなしでは生きられない、といった表情をする。

こんなに俺は女に愛されたことはないんじゃないか、俺がいなければこいつは生きていけないんじゃないかと思わせるところでは愛人以上の愛人犬になった。アリスの望む事はただひたすらに私のそばにいる事だ。妻にはしばしば煙たがられるが、少なくとも妻よりも、アリスには私のそばに寄り添っていたいという気持ちが強く感じられる。

人間がペットを必要とするのは幼年時代と老人時代に限られるのではなかろうか。青春時代や中年時代はペットなど必要がない。老人と幼児は似てくるというが犬のよき理解者という点が最も共通したものではないかと思う。子供たちもそれぞれ結婚して親のそばから離れ、自分の世界を作り上げていく。自分は会社もリタイアし、地位も部下も関係のない肩書きのない身分になっている。考えれば自分の手からすり抜けて皆成長していくのは至極当たり前で健全な事なのだが、どこか不条理も覚えるのだ。しかし、飼い犬は飼い主の私から抜け出して独自の道を歩き出す事はあり得ない。結局死ぬまで飼い主の下から離れられないのである。そう思うと一層愛おしさが募るのだ。

団鬼六

犬猫の仲

米原万里

この稿を書き起こした三年前の一九九八年一月現在、わが家における哺乳類の頭数九。その内訳はネコ六、ヒト二、イヌ一。この総数、構成とも実に流動的だ。たとえば、七年前の年賀状には、次のように書いた。

「仕事で行った御殿場で、拾った子猫二匹の成長過程を見逃すのがもったいなくて、今年は十年ぶりにお正月を自宅で迎えます」

その翌年の年頭あいさつは、こうだった。

「一昨年の猫二匹に続いて、昨年は仕事先で出会った野良犬一匹、連れ帰ってしまいました。ますます人生を複雑にしています」

これを受け取った恩師が、元旦早々電話してきた。

「ネコイヌもいいけれどねえ、君、そんなことより、早くヒトのオスを飼いなさい、ヒトのオスを‼」

大きなお世話とは思わない。ご心配は心の底からありがたいと感謝しているのだが、願望と現実はなかなか一致しないものである。それで、その翌年、つまり五年前の年賀状は、こんな具合になった。

「モスクワより連れ帰った銀色の子猫二匹を加えて、わが家の頭数ついに七（ネコ四、ヒト二、イヌ一）に達しました」

そして一九九七年初頭までの一年間、わが家の哺乳類のこの数、構成ともめずらしく変動がなかった。高度成長期の、活気に満ちてはいるが、ワサワサと気ぜわしい季節を脱して、ついにゆるやかな安定期に入ったような気がしていた。年頭のあいさつも、そんな落ちつき具合を反映しているみたいである。

「春風献上。風の中に、ネコの毛たっぷり、ヒトの毛少々、それに赤茶のイヌの毛二〜三本、混じっているかもしれません」

ところが、太平の世は長く続くものではない。あのおだやかな静けさは、嵐の前ぶれだったのだ。それからの一年間に起こった大激変について、年賀のあいさつに記すのは、ためらわれた。

ネコ四、ヒト二、イヌ一が、ネコ六、ヒト二、イヌ一に変わっていったいきさつは、葉書の片面で伝えきれないほど複雑であったし、おめでたい情報だけでなく、悲しい事情も含まれていた。数式で記すなら、ネコについては、次のようになる。

四＋四－四＋二＝六

四匹いた猫の内の一匹が四匹の子猫を産み、それぞれが他家へ養子としてもらわれていったのだが、内二匹、出戻ってきた。どちらかというと、おめでたい話である。ところが、犬についての数式は左記の通りになる。

一－一＋一＝一

一匹が姿を消し、別の一匹が現れた。

一九九七年四月七日、雷雨の激しかった夕暮れ時に、ゲンという名のオス犬が失踪した。以来仕事中も、読書中も、食事中も、入浴中も、歓談中も、睡眠中でさえ心の一角にゲンのことが引っかかって晴れない。要するに四六時中。今だってそうだ。というわけで、今回は、ゲンとのそもそものなれそめから筆を進めることにする。自他ともに認める猫派のわたしが、なぜ犬を飼う羽目になったのか。それは、いま思えば、まさに宿命としか呼びようのないいきさつであった。ちょっとおおげさか。

一九九四年の二月末、翌朝から丸二日間、原研（原子力研究所の略称）のセミナーで通訳することになっていたわたしは、夜七時発の特急「ひたち」で東海村へ向かっていた。上野駅のキヨスクで買った「アエラ」をパラパラめくっていると、犬の顔写真が目に飛び込んできた。小首を傾《かし》げ、黒目がちの瞳をこらしてこちらを見つめている。深い湖のようなその瞳に吸い寄せられるようにして、いつのまにか、記事を読んでいた。そのおおよその内容は、次のようなものであった（ような気がする）。

「ひと頃、シベリアン・ハスキー犬がブームとなって、猫も杓子《しゃくし》も買い求めたものだ。ところが、実際飼ってみると、シベリア狼の遠くない親戚筋にあたるハスキー犬は、食う肉の量も必要とする散歩の量も、けた違いである。日本の住宅事情からしても、並の飼い主では対応しきれない。ブームが去った今、捨てられたハスキー犬が巷《ちまた》に溢《あふ》れている。

各自治体が運営する動物管理事務所に保護される犬のなかでも、ハスキー犬の占める割合が急増。保護された犬は、一週間以内に飼い主が現れない限り、処分される。つまり薬殺。処分してくれと、わざわざ飼っているハスキー犬を管理事務所に持ち込み、名も名乗らずにソソクサと逃げ帰る飼い主までいる。それも結構たくさん。

写真の犬は、推定二歳のオスのハスキー犬で、東京都日野市の動物管理事務所で保護されたルルちゃんである。保護されるような犬は、一般に人間に対する不信感をつのらせ、運命を敏感に察知していているのか、おびえきっていてなつかない。ところが、ルルちゃんは、人間に対する信頼を身体中から発散させて、愛嬌をふりまく。管理事務所の職員も、ここまで自分たちを信じ、なついてくるルルちゃんを処分するにしのびない。一週間ごとに処分の期日を延期している。今日またルルちゃんの寿命が、一週間延びた」

読み終えた時点で、決心はゆるぎないものになっていた。

「ルルちゃんを引き取ろう」

東海村のホテルに到着すると、さっそく番号案内で教えてもらって、日野市動物管理事務所に電話した。

「本日の業務は終了いたしました。明日の午前八時半から午後五時までに、おかけ下さい」

留守番電話が抑揚のない美声で答える。明日の朝まで、この心騒ぐ気持ちをかかえて眠れるのだろうか。そう思いはじめたとき、ドアをノックする音があった。大森真梨子さんだった。

「ねえねえ、通訳の分担決めておきましょうよ」

言われて、明日から始まるセミナーのことをすっかり失念していたことに気付いた。真梨子さんは、通訳のパートナーである。しかし、その時のわたしの胸の高鳴りをぶつけるのに、この人ほどピッタリの人物はいなかった。わが交友範囲を見渡す限り、彼女は最高最大の犬好きなのである。同居する六匹の犬に対する細やかな愛情もさることながら、世の中のあらゆる犬を、飼い犬、野良犬、書物の犬、映画の犬、犬のブローチ、とにかく犬にまつわる全てをこよなく愛していた。

どうやら、人よりも犬の方がはるかに上等と考えているふしがあって、その証拠に、人間をほめるときに、やたら犬にたとえたがる。このあいだも今時めずらしい好青年の小島康志くんが、

「あなたって、盲導犬みたいな人ねえ」

と言われてムッとしていた。きっと真梨子さんは、

「他人の喜びが、そのまま自分の喜びになるような根源的本質的に親切な人」

という意味で「盲導犬」と言っているのだ。彼女にしてみれば、最高のほめ言葉なのだ。

そんな押しも押されもせぬ真性愛犬家の真梨子さんだからこそ、わたしは「アエラ」のくだんの頁を開いて見せながら、少々得意げに宣言したのだった。

「このルルちゃんを引き取ろうと思うの」

記事に素早く目を走らせた真梨子さんの反応は、しかし意外なものだった。

「あなた、遠いハスキー犬より近くの駄犬よ」

昼過ぎに東海村入りした彼女は、ホテルの周囲をうろつくなかなか見どころのある野良犬に出くわしたというのだ。

「メチャクチャ不細工なの。フフフ、でも愛嬌があって、ずいぶん性質の良さそうな犬なのよ」

犬の鑑定にかけては自信満々なのだ。

「でも、ルルちゃんは……」

ちょっと、気勢をそがれた感じのわたしは、それでも精いっぱいの抵抗を試みたのだが、真梨子さんはサッサッと書類をベッドいっぱいに拡げて仕事の割り振りを始めたので、「明日にも殺されてしまうかもしれない」と言いかけた言葉をわたしは呑み込むしかなかった。


翌朝、一階の食堂で朝食をとっていると、背後から真梨子さんの声がした。

「ほら、あの犬よ」

柴と秋田とシェパードを足して三で割ったようなゴツイ面立ちの、やや大きめの中型犬が、窓ガラスの向こうでこちらを見ながら目いっぱい尻尾《しっぽ》を振っていた。朝食のパンとソーセージを紙ナプキンに包んで、真梨子さんと一緒に外に出ると、喜びを身体中からほとばしらせて駆け寄ってくる。立派なぶら下がりものからして、オス。紙ナプキンの中味に気付いたらしく、神妙にお座りする。首輪はないけれど、飼われていたに違いない。足下にパンとソーセージを置いてやると、一瞬にして平らげた。惚《ほ》れ惚《ぼ》れするような食べっぷりだ。

「うっちゃっとけないタイプでしょう。ついエサやって、社長に叱《しか》られてるんですよ」

ホテルの隣のビル一階の事務員らしき中年女性が声をかけてくる。

「でも、ルルちゃんは、今日にも殺されてしまうかもしれない」

目前の犬は、もう一匹の犬のことを思い起こさせてくれた。時計を見ると、ちょうど午前八時半、日野市の動物管理事務所に電話を入れる。

「『アエラ』の記事で読んだルルちゃんのことなんですが」

と言い終わらない内に、先方の声がさえぎった。

「記事が載ってから、次々に問い合わせがありましてね、安心できる里親に引き取られていきましたよ」

そうか、ルルちゃんは幸せになったみたいだ。安堵《あんど》すると同時に心の中にルルちゃんが占めていた空間がポッカリ空いて、そこに目前の放浪犬がスーッと滑り込んできた感じだった。この犬だって、いつ野犬狩りに捕まり、薬殺されてしまうかもしれないではないか。

「遠いハスキー犬より近くの駄犬かあ」

心の中でつぶやいていた。そして、東京の自宅までどのように運んだものか、はたしてわが家の猫どもとうまくやっていってくれるだろうか、と思いは勝手に回転していくのだった。

九時キッカリに原研の研究者の松島さんが迎えにきた。セミナー参加のウクライナ人とわたしたち通訳を自家用のバンに乗せて研究所まで運んでくれるのだ。どこで犬の首輪とリードを購入できるか教えてもらい、ここから東京までのタクシー代をたずねる。十万円ぐらい。ただちにタクシー・バージョンは却下。

「ののの野良犬を東京まで連れていくって、それ本気ですか」

松島さんはハンドルを握っているのも忘れ、バンは対向車線に乗り上げそうになった。

「バッキャローテメエドコミテンダア」

軽トラの運ちゃんに憎々しげに怒鳴りつけられてしまった。

セミナーは、チェルノブイリ事故後の環境変化に関する研究調査の報告とそれに基づく意見交換である。真梨子さんと三十分交替で通訳しながら、汚染地域の犬や猫たちのことを思った。昼休みには茨城県の動物管理事務所に、こちらが保護する犬の特徴を届け出て迷子犬の問い合わせがないか確かめておく。JR水戸駅に電話を入れ、列車で運ぶには料金は二百六十円、ただしケージに入れなくてはならないという規則を知る。

午後六時、ホテルに戻ってバンから降りるわたしたちに向かって一目散に例の犬が駆け寄ってくる。オーバーの裾《すそ》を口にくわえて遊んでくれとおねだりだ。もう完全に気分は飼い主。自然に「ゲン」という呼び名が口をついて出てきた。原研のゲン。

翌朝、迎えのバンに乗り込むときに、

「ゲン、いっしょに行こう」

と声をかけると、ためらうことなくイソイソと乗り込んできた。たちまち人に好感を抱かせてしまう愛想の良さで、松島さんもウクライナ人の学者五人もイチコロだ。原研に向かう道すがら、松島さんにペットショップに立ち寄ってもらって、首輪、リード、ケージを買う。

原研の敷地は建物と建物の間隔がゆったりしていて、あちこちに芝生の植え込みがある。セミナーの最中は、そんな芝生の植え込みの立木につないでおいた。ゲンは嫌な顔など少しもせずに、落ち着き払ってペタッと腹を地面につけてくつろいだ姿勢になった。情緒安定度一二〇パーセント。

午後三時にセミナーは終了し、松島さんがバンで水戸駅まで送ってくれることになった。特急の出発時間ギリギリに到着。重いので、改札を通る直前にゲンをケージに入れることにした。わたしがケージをかかえて切符を買いに階段を駆けのぼり、真梨子さんがゲンを導いてくるという取り決めだ。ところが、のどかな東海村から突然街の雑踏に放り込まれたゲンは、身体をこわばらせて階段の下でうずくまり、いくら引っ張っても頑として動かなくなってしまった。特急に乗り遅れると、二時間は帰宅が遅くなる。真梨子さんはゲンを抱きかかえると、階段を駆け上がり、わたしが待ちかまえる改札口に突進してきた。駅員が呆気《あっけ》にとられているうちに、ゲンを抱きかかえたまま改札を通過し、目的の車輛に飛び込んだ。

「ごめんなさーい、乗ってから（ケージに）入れますから」

わたしも二人と一匹分の切符を見せて真梨子さんの後に続いた。

列車はどの車輛もひどい込みようであったが、真梨子さんはゲンを抱き抱えたまま傲然《ごうぜん》と突き進む。

「ちょっと、そこどいて下さい」

女王さまのような彼女がいうと、

「す、す、すいません」

車掌さんもつい恐縮しながら道を開けるのだった。毒気に当てられてこちらの規則違反に気付きもしない。

ようやく何両目かのデッキに一メートル四方ほどの空間を見つけ、折り畳み式ケージを組み立てると、ゲンは勝手知ったる様子ですすんで中に入り、横座りになった。わたしよりよっぽど落ち着きはらっている。

上野駅では、真梨子さんと二人がかりでケージを運び、山手線に乗り換え、五反田駅からわが家まではタクシーを利用した。長旅のあいだゲンはワンとも発することなく、かといって臆《おく》した様子は少しもなく、顔をのぞき込むとまるで、

「心配することたあありませんよ」

とでも言うように、軽く尻尾をふる。何ていいヤツなんだろう。

ようやくわが家にたどり着き、ケージを開いて庭に放ってやると、ゲンはまるで風になったように走り回り、三時間あまりの運動不足を解消しているようだった。家の中には決して入って来ようとしない。前足は、上がりかまちに乗せるけれども、後ろ足は律儀にも絶対に踏み入れない。胴体の五分の四までは屋内に入り込ませているのだが、後ろ足は地面につけている。前の飼い主にかなりキチンとしつけられたみたいだ。

そのゲンが、突然上半身を起こしてワンと一吠えした。振り返ると、ゲンの目線の先に猫の無理《むり》と道理《どり》が毛を逆立て背中を丸めてうなっている。猫たちは怖いものの、次第に好奇心の方が優《まさ》っていき、五メートル、三メートル、一メートルと少しずつ距離を縮めてくる。ゲンは嬉しくて嬉しくてたまらない様子で、尻尾をブルンブルンふるわせて二匹に友好的なエールを送るのだが、もちろん猫には通じない。敵愾心《てきがいしん》に満ちた眼差《まなざ》しで自分たちの七、八倍はある不思議な生き物を睨《にら》み付《つ》ける。いつのまにかオスの無理が接近し、右前足でバシッとゲンの鼻面をたたいた。

「キキーン、キーン、キーン」

ゲンが後ずさりしながら鳴きわめいた。真っ黒な鼻面にスーッと赤い線が引かれて、ポタリと血が滴《したた》り落ちた。

傷の手当てをと思った瞬間、新入りを獣医に診《み》せなくてはならないことに気付いた。真梨子さんにも、そう指導されていたのを思い出した。

荒川先生は念入りに健康状態をチェックし、狂犬病の予防注射を済ませると、満足げに太鼓判を押した。

「体重は、十八キロ。フィラリアは患《わずら》っていないし、腎臓も、肝臓もとてもいい状態です。それに精神的に非常に安定している。こりゃあ、素晴らしい犬ですよ」

「でも、これ雑種ですよねえ」

先生はキッとこちらを睨み付けると、あからさまに怒気を含んだ声で言った。

「雑種という言い方は、僕、大嫌いです」

「あっ、はい、すみません。ごめんなさい」

「だいたい雑種なんて種類、どこにもないんですよ。せめて非純血種とか言って下さいよ……」

先生のお説教はしばらく続いたが、落ち着いてきたのを見計らって、たずねた。

「ところで、年齢はどのくらいですかねえ」

「うーん、ちょうど中学生ぐらいね」

「先生、中学生といわれても」

「生後八ヵ月ってとこかな。まだまだ大きくなります」

「猫とはうまくやってけるでしょうか。きょうさっそく一戦交えたんですが」

「喧嘩したら、必ず猫の方が勝ちます。でも、三ヵ月もしたら、落ち着きますよ。慣れます」

帰り道、日本語ではひどく仲の悪いのをさして「犬猿の仲」というが、英語でもロシア語でも「犬と猫の仲」というのを思い出す。荒川先生は自信満々に言い切ったけれど、大丈夫なんだろうか。ゲンの方を見やると、ちょうど目が合って、

「心配することたありませんよ」

という風に尻尾を振った。

「動物つれづれ草」より「イヌ」

手塚治虫

第9話
イヌ
わがはいは犬である
名前はまだない
ある日
わがはいは
若い男に
出遇った
見るからに
ファイトの
なさそうな
その男は
わがはいのカンで教育
しだいで大ものになる
素質があるとみた
この男に
賭けてみるのも
よかろう

わん
わがはいはおぬしを
スターに仕立てて
やるからマネージ
メントを
させろ
ともちかけたが、遺憾ながら
その男にはワンワンとしか
通じない
わん
わん
おまけに
キビダンゴ
なんか
食えと
いうのだ
とても食えない
しろものだが
契約の
つもりで
食ってみせた

手塚治虫

だがどうみても
スターになれる
ガラじゃない
日本一
日本一
彼はチンドンヤ
の真似なんか
いやだといったが
ぜいたくいうな！
日本一
キリストも
弟子を
もって
成功した
のだ
わがはいは
弟子の
獲得に
奔走した

日本一
鬼だ
OFF LIMIT
チャンスというのになんたるザマだ
さあ斬りこんだ
とても無理だなこの調子では
キジの報告で酒の壷が何十もあることがわかった六、七十度のつよい酒らしい

手塚治虫

その酒に
火をつけてこい
こわがるな

鬼は全部焼けてしまった

鬼の宝物が
みつかった

やっこさんは
がぜん
ファイトが出た

しかもわがはいに
車までひかせや
がった

しかし
わがはいは
当然
うける
べき
マネー
ジャー
料の
ために
もくもくと
してひいたの
である

ところが帰ったとたん
税務署という、鬼より
こわい連中が
洗いざらい
宝を持って行っ
てしまった

彼はまたモクアミ
しかし
わがはいは
それじゃ
すまされん

彼がマネー
ジャー料を
はらって
くれるまで
一生
くらいつく

われわれ犬が人間の
所に居坐るように
なったのは、かような
いきさつがあるから
である。

手塚治虫

平泉栄吉宛 書簡

坂口安吾(檀一雄連名)

一九五一(昭和二六)年一〇月一〇日 静岡県伊東市岡区広野一ノ六〇一より
秋田県大館市馬喰町宛(封書・速達)

先日大館ではいろいろ御モテナシに相なり、ありがとうございました。

私の友人の檀一雄君が、ぜひ最高級の秋田犬が飼いたいと申し、しきりに最高級、日本一をたのんでくれと日夜哀願いたすので、君はまだアイヌ犬二匹をこの夏から飼つたばかりで死に易い犬を飼う資格がないと制しておりましたが、彼はついに秋田犬のため自宅の改造を決意、日本に類の少い犬舎の設計を終り、大工にも起工を命じて小生を現場に案内逐一説明いたすに及んで、小生も彼の熱意の並ならぬを知り、彼に代つてお願いいたすことになりました。

三万円級のうちで特にオス、メスともに優良犬の仔をさがしていただきたく存じます。オスはあなたの「龍号」が父犬なら申分ないのですが、檀君の意向では、秋田犬をむかえる用意万端ととのうのが来年四五月ごろとのこと故、御手数ながら、その頃までに父母とも天下一品の仔犬（オスが欲しい由。）を生ませていただきたく存じます。

彼の希望では黒い仔犬が欲しい由。

仔犬生れ次第御通知願いたく、代金は御通知次第お送りいたします。

昭和二十六年十月十日　　坂口安吾

平泉栄吉様

尚、檀君住所は

東京都練馬区下石神井二丁目一三四〇

檀　一雄

檀君は今年十二月に南氷洋へ捕鯨船にのりこんで見物に行き来年二三月まで留守ですから、念のため、仔犬に関することは小生宅と檀君両方へ御知らせ下されたく、檀君不在中ならば小生が万事やるように致します。彼の大熱意により、最高級、日本一、ぜひ頼み申し候

坂口さんからお噂をきき、何卒お手引にて日本一の秋田犬を得たくくれぐれもよろしく願上げます。小生十二月一日第二天洋丸にて南氷洋に出向きますが、遅くも三月末頃には帰国の予定でをります。故、時期は別段急ぎませぬが、立派なもの、お願いいたします。尚留守中に見つかりました節は、女房に申伝へをきますから留守宅宛御一報賜はりますやう右お願い迄

檀 一雄

平泉栄吉様

Ⅱ 犬に名前をつけるなら

杉浦日向子とクロ

犬の銀行

向田邦子

向田鉄。

こう書くと、まるで私の弟みたいだが、レッキとした犬の名前である。甲斐狛《かいこま》と呼ばれる中型の日本犬で、美しい栗色の毛並をしていた。二十代の中頃、ほんの十ヵ月ばかりの短いつきあいだったが、この犬は私にいろいろなことを教えてくれた。

貰われてきた時は、コッペパンぐらいの仔犬だった。

うち中が、まわりに集まって可愛いい、可愛いいと大騒ぎをしたのだが、仔犬の顔をのぞきこもうとすると、畳に腹這いにならなくては駄目である。よく顔が見えるようにと踏み台の上にのっけて、あっち向け、こっち向いて頂戴とやったら、びっくりして墜落し、前肢を脱臼してしまった。

セーターの下に抱いて、獣医さんところへ飛んでいった。

「名前は」

と聞かれたので、

「向田鉄です」

と答えたら、初老の先生は、フフと笑って、

「苗字があるのか。凄いねえ」

といわれた。

鉄は割箸の副《そ》え木を当てられて、しばらくはびっこを引いていたが、やがて元気に走り廻るようになった。当時は、犬を放し飼いにしてもさほどやかましいことを言われない時代だったし、住まいも郊外だったので、鉄は近所の鶏小屋をのぞいて鼻先を突っつかれたり、竹林でたけのこ掘りの邪魔をしたりしながら、みるみる大きく育っていった。

彼の趣味はいたずらとコレクションであった。

庭の藤棚の下に犬小屋があったが、その横でよく穴掘りをしている姿を見た。あちこちからくわえてきたものを、そこに埋めているらしかった。鉄が近所の犬と連れ立って遠出をしている間に、彼のコレクションを拝見することにした。

穴は思ったより深かった。そして、実に雑多なものが、出てきた。

子供の運動靴。スリッパ。男物靴下（いずれも片方）。古びた歯ブラシ。ビールの栓。たわ

し。魚の頭。牛骨。洗濯ばさみ。どういうつもりかガラスのないめがねの枠まで埋まっていた。手を泥だらけにして掘っている私のお尻を誰かが突つく。見ると鉄が帰ってきて、頭で押しているのである。

「お前は近眼かい」

私は、眼鏡の泥をはらって彼にかけてやった。鉄は嫌がって振り落すと、前肢を地面に投げ出すようにしてお尻をあげて吠えた。嬉しい時のしぐさである。

裏の畑でポチがなく
正直じいさん掘ったれば
大判小判がザックザクザックザク

子供の頃、祖母に習った「花咲じいさん」の歌を久しぶりに私は思い出した。

大判小判ではないが、これは、犬の銀行なのである。野生の動物は、獲物を地中に埋めて貯わえる。人間に飼われ、毎日の餌に事欠かなくなっても、体の中に眠る血が先祖と同じ動作をさせるのであろう。掘り出したものを、もと通り埋めてやりながら貯わえるのは生きるものの自然の姿かな、と考えてしまった。

当時、私は貯金がなかった。

そもそも通帳というものを持っていないのだから貯金のしようもなかったのだ。三代目の江戸っ子で、宵越しのゼニは持たない主義であった。サラリーが安いこともあって、半端に貯金するくらいなら、自分自身にもとでをかけたほうがあとになって得なのよ。と、利《き》いた風なことを言って、遊ぶほうに忙しかったのだ。

犬のコレクションを見たから、その気になったというわけでもないが、そのあとで、私は母から使わない三文判をもらい、初めて自分の名前の預金通帳を作った。

日本橋の銀行だった。

真新しい通帳をハンドバッグに入れておもてへ出た時の気持のたかぶりは、今もはっきり覚えている。道ゆく人が皆、私を注目しているような晴れがましい気分だった。

「私は預金があるのよ」

と言いたいような、一人前になったような気分だった。

そのあと東京駅から中央線で新宿へ出たのだが、その車中で私は前に腰かけている人を順に眺めながら、失礼な想像をしていた。

あの人は、いくら預金を持っているかしら。

小汚ないなりをしているけれど、ああいう人は案外、小金を持っているもんなのよ。

隣りの学生——あ、これは、ないな。あるとすれば下宿のおばさんに借金だわ。

次の満艦飾の若いおねえさん。これもなし。いや、あるかな、あるとすれば——想像というのは、どんな失礼なことを考えても人さまに判らないからおかしい。つい昨日までの自分を棚に上げて、私は降りるまでひそやかに楽しく、時間をつぶした。

『放浪記』の林芙美子女史は、電車に乗ると、まわりを見廻して、いまこの瞬間事故にあったら、どの男の手を取って逃げようかと空想したそうだが、甲斐性も度胸もない私は、ひとさまの懐工合を想像したのだった。

ところで、私に貯金のキッカケを作ってくれた鉄だが、彼はジステンパーにかかり、十ヵ月で死んでしまった。かたわになってもいいから生かして下さい、と獣医さんに頼み、強い薬も使って頂いたのだが、助からなかった。意識がほとんど無くなっているのに、名前を呼ぶと尻尾を振り、力無く私の手をなめたのが哀れだった。

私は、日本橋の銀行へいって貯金をおろし、深大寺に動物慰霊塔の権利を買った。鉄のお墓である。

彼のなきがらを係員が取りにくる日、私は百合の花を沢山買って棺の中に入れた。日本犬なので、口吻《こうふん》が黒くとがっている。その形が百合に似ていたからだ。ところが一緒に見送ってくれるとばかり思っていた母が、デパートへ買物にゆくという。案外薄情なものだ、と少し腹を立てながら、一人で鉄の見送りをした。主のいない犬小屋は、見るのも辛かった。

夕方、母が帰ってきた。目が赤く腫れている。

「辛くていられないから、デパート中歩きながら泣いていたのよ」

という。また涙がこぼれた。

鉄が死んでからかれこれ二十年経つというのに、栗色の日本犬を見かけると、ハッとして足をとめる癖は直らない。

そして預金通帳のほうは、減ったかと思うとまた少し殖え、殖えたかと思えばまた減って相変らずの低空飛行をつづけながらつづいている。このところご無沙汰しているが、また百合の花でも買って、深大寺へお墓詣りにいってみようかと思っている。

犬の話

小沼丹

路一つ隔《へだ》てた前の家に犬がいる。秋田犬の雑種のようだがよく判らない。何年前に来たか忘れたが、来たころは可愛らしい仔犬であった。お向いに犬が来ましたよ、と云うので見に行ったら仔犬が庭に坐っていた。

——こら、犬っころ。

と呼んだら立上って矢鱈に尻尾《しっぽ》を振った。

それを聞いた家の者が、僕をたしなめた。あの犬はチエスと云う名前です、こら、犬っころなんて呼んでは飼主に失礼ですよ。別に失礼とは思わなかったが、名前があれば名前を呼んだ方が此方の気持も片附くから、それからは、やい、チエス、と呼ぶことにした。

酔って夜遅く帰って来て、仔犬の奴はどうしているかと思う。気にしなくてもいいのだが、酔うとつまらないことに拘泥《こうでい》する。路に立って生垣《いけがき》越しに暗い庭に向って、やい、チエス、と呼んだら犬小屋から仔犬が飛出して来て尻尾を振るのが夜目《よめ》にもよく判った。遊んで呉れと云っているらしいので、ちょっと失礼して木戸からお向いの庭に入って頭を撫でてやったら、仔犬は飛び跳ねたり、じゃれついたり、引繰り返ったりする。夜更《よふ》けだから御近所の手前少し静かにしたらどうだと、注意したい気がする。もしかすると、注意したかもしれない。

　そうやっている裡に、これは少し変だと思ったようである。仮令《たとえ》隣人であろうと深夜飼主の家の庭に入って来るのは無断侵入者である。そんな人間を相手に飛んだり跳ねたりして親愛の情を示すのは、飼犬としてはだらしが無い。恰好だけでも、わん、と吠《ほ》えるのがものの順序のような気がする。こら、吠えてみろ。何遍云って聞かせても聞分《ききわけ》が無いから、尻を叩いたらくんくんと云った。

　筋向いの家に娘さんがいて、受験勉強のために夜遅くまで起きていた。その娘さんの話がその家の奥さんから家の者に伝わって来て、嫌ですよ、と家の者が云うのである。夜中に犬と長いこと話をしていたそうですね、近所迷惑で恥かしいわ。酔ったときのことは翌日は忘れて澄しているが、そう云われると段段記憶が甦って来る。いろいろ思い当ることもあるから憮然《ぶぜん》とした。

　いつからか忘れたがチエスが吠えるようになって、云い聞かせた甲斐があったと満足したが、少し吠え過ぎるようである。今更過ぎたるは及ばざるが如し、と犬に話しても始らない。チエスは一度仔を産んだ。その后《あと》、腹に布か何か巻いてよたよたしていたことがある。あれは何だ？　と訊くとチエスは避妊の手術を受けたんですよと家の者が云った。本人、ではない本犬の同意を得たかどうか気になるが、そんなことは訊かない。手術してから、余計吠えるようになった気がする。

手術のせいかどうか、チエスは矢鱈に子供っぽくなった。尻尾《しっぽ》に飛附こうとして、ぐるぐる跳ね廻ったりするから大人気《おとなげ》無い。知人がお向いの庭のチエスを見て、あの犬は he ですか、she ですか？　と訊いたから it ですと答えて置いた。どうもチエスは she から it に逆戻りしたとしか思えない。

路に出て行くと、チエスの奴は生垣の穴から顔を斜めに出して、前足の一本を顔の横に添えて此方《こっち》を見る。招き猫と云うのは知っているが、それとそっくり同じ恰好をするから気持がちぐはぐになる。招き犬なんて聞いたことが無い。止した方がいいぜと忠告したいが、また犬と話をしたと思われては差障《さしさわ》りがある。

近所の桜を見ようと路に出たら、例によってチエスが招き猫の恰好をした。犬の挨拶に答えて頭を撫でてやったら、お向いの奥さんが顔を出して、チエスがいつもお世話になりますと云うのである。これには何と挨拶していいか判らない。

小沼丹

動物同棲

草野心平

一昨日からダンが私たちの家族の一員になった。

新橋までバスで出たいという友人をおくりながら石神井田ん圃を歩いていった。久しぶりで美しかった。そして久しぶりに檀君のところに寄ってみようかと思った。彼はいた。玄関からあがるように勧めるのを、鵞鳥《がちょう》や軍鶏はどんな具合かと庭にまわると、小さな猫が物置から出てきた。続いて瘠せた犬が尻っぽをふりながら出てきて私の手をなめた。どっちもはじめてである。私は鵞鳥小屋のところから座敷の主人に向って「ずいぶんこの犬、やせてるね」というと「太郎が拾ってきたんですよ」という。なるほどと思った。しばらくビールなんかをのんで、辞して表にでるともう星空だった。すると小路にまたさっきの瘠せ犬が寝ころんでいたが、人の気配をかんじて起きあがった。尻っぽをふっている。抱きあげてみると実に軽い。ところは恰度真鍋呉夫君の家の傍で、流れてくるあかりで見ると駄犬ではあるが面白い。シェパードと柴犬の雑種みたいな犬である。私はそこに立ったまま真鍋家にさようならを言うと奥さんと二人で台所口に現われたが、そこで私は「この犬もらってってもいいかしら」というと、向うは電燈の灯を浴びている私と犬とを認めて「いいでしょう」とあっさり言う。「太郎君がどうしてもいやだといったらかえしにきますから」そう言伝えて私たちは南の蝎なんかを眺めながら帰ってきた。

家ではみんながこの瘠せ犬を歓迎した。早速名前をつけることになり、昔飼っていたことのある阿里か癌蔵か、どっちかを襲名させる案も出たが、詩人の名前を探そうというところまでせりあがっていって最後にダンテになり呼びいいようにダンとなった。

そして私はふと名案だと思いついたのである。私は名前を考えながらも、明日あたり親子連れで現われるのではないかという不安があった。

自転車から降りて、「太郎がどうしてもさびしいというんで……」などといいそうな気もしていたのだが、そしたら

『檀《ダン》』という名前にしちゃったんだが」とでも言えば、檀一雄は例の颱風じみた笑いを爆発させながら太郎君をなだめるかもしれない。

「チチがもっといい犬を買ってやる」

「ほんとか」

「ほんとだ」

そのようなオチになってダンはわが家のものになる。その二叉をかけた名前に私は内心得意だった。

草野心平

我が犬の系譜

椎名誠

最初の記憶の犬は自宅の飼い犬だろう。ぼくは四〜五歳。家は世田谷区の三軒茶屋だった。大きな犬で立っている自分の背丈ぐらいあったから本能的に「怖い」という反応が先だった。けれど兄や姉に聞くともう老齢で日なたぼっこが好きな、いたっておとなしい奴だったらしい。名前は「パチ」といった。よく「ポチ」と間違われたという。でもそれなりに理由があった。ぼくの父親は公認会計士だった。当時はまだその職業の人は少なく、国家試験も難しかったらしい。計算の仕事はいつもソロバンだったから「ソロバン、パチパチ」で「パチ」になったのだという。

その最初に会ったパチは記憶もおぼろのうちにすぐに死んでしまったし、我が家は突然千葉に越した。世田谷の家は五百坪の土地だったというが千葉の家は百坪だった。

子供にはよく分からなかったが、父の仕事関係で何か事件があったのだろう。

でも千葉に越して二〜三年もするとぼくは小学校にかようことになり、その頃にまた新しい犬が貰われてきた。当時の千葉（幕張）はまだのんびりしたもので最初から庭に放し飼いである。名前はまたパチだった。パチ二号というわけだ。世田谷で死んだパチ一号を父親がとてもかわいがっていたといい、仕事になにかトラブルを抱えた父を元気づけるせめてもの配慮で貰われてきたらしいが、父は母や姉が考えたようには新しい関心はしめさなかったようだ。そのへんのことは就学前のぼくにははっきりした記憶はない。

名前が同じでもまったく以前の犬とは違うのだからそうそう単純には心をなごませるようにはならなかったのだろう。

当時わが家に居候をしていた叔父などが実際の犬よりもずいぶん大きな犬小屋も作ったのだが、ぼくにはよくわからない事件で深く鬱屈していたらしい父はその派手派手しい造作も気にいらなかったようだ。

それから放し飼いが普通だった当時は犬は犬として自由に家の庭から外を歩きまわり、散歩をねだるような媚《こび》もなく、彼は彼で小さいうちから自立していて、ときにどこで何をしているのか一晩家に戻ってこないような日もあった。

飼い犬なのに互いにどこかよそよそしいというのがパチ二号の記憶だった。パチ二号はわりあい早く死んでしまった。

ぼくが小学校四年の時に母親がどこかから子犬を貰ってきた。痩せた雑種だった。名前はいつのまにかジョンになった。その頃の日本の犬にはどこかアメリカっぽい名前をつけるのが流行っていて、ペスとかエスとかいうのがいっぱいいた。

ジョンはぼくの家の廊下の下、つまり縁の下を勝手に自分の住処にしていた。やはり放し飼いだったのだ。

ジョンは「いいやつ」で家族の誰かが出かけるときはかなり遠くまで送っていくのをナリワイのようにしていた。それから家族の誰かが帰ってくるのもずいぶん遠くから察知してシッポを振りながら迎えにいく。子供の頃は知らなかったが犬の嗅覚は人間の一億倍、というからジョンは誰が帰ってくるのかまで匂いで察知していたのかもしれない。

放し飼いだと運動のために散歩に連れていく必要もないのだが、ぼくが遊びに出かけるときもついてきた。そういうときは「帰れ」と言われないからつくづく嬉しそうだった。

その町には小さな川があり、遠浅の海岸があり、標高二十メートルぐらいの森林丘とでもいうようなところもあったから子供にも犬にも優しい自然が豊富だった。

その頃ぼくたちが遊んでいるとジョンも一緒になって結構ちゃんと仲間になっていた。あれだけ精神的・感覚的に自立している犬はジョン以降出会ったことがない。

ジョンはあるときとても不幸な成り行きでいなくなってしまった。

ぼくの母親があまりにもノーテンキな性格なのが原因だった。その顚末は何かの小説に詳しく書いたので今はあまり詳細に書きたくないのだが、話の展開上、簡単に触れておくしかない。母親は自宅で踊りの師匠をしていた。家に檜づくりの舞台があり、おばさんたちがいつも二十人ぐらい出入りしていた。三味線や太鼓の音のなかで踊りをおしえていたのだ。

母親は出かけるとき、よく何人かのお弟子さんたちを連れていった。例によってジョンが送っていく。何も言わないとずっと送ってくれるので途中で「ジョン、帰りな」というと、少し小首を傾げるようなしぐさをして自分で家に帰っていく。ところがおばさんというのはそういうことに気がまわらず自分らの話に夢中になっていることが多い。

そんなあるとき、ぼくの母親はいつものように三〜四人のお弟子さんと出かけ電車に乗ってどこかへ行った。ジョンは「もう帰りな」と言われないから駅まで送っていってしまい、それでも母親はたぶん話に夢中になっていたのだろう。気がついたらジョンは一緒に電車に乗ってしまっていたのだ。

それからあとのことはもう思いだしたくもないのだが、電車の中にジョンがいるのに気がついた母親は、あろうことか、電車の窓からジョンを放ってしまうという信じられないバカ行動をとったのだ。当時の電車は窓があけられるようになっていた。

母親はいいわけたらしくまだそんなにスピードが出ていなかった、というのだが、走っている電車の窓から外にほうり投げたらどれほど危険か、おばさんの感覚というのは信じられないところがあるのだ。

それからジョンは何日待っても帰ってこなかった。ぼくは駅からその周辺まで何度か探しにいったのだが見つからなかった。

ぼくはめちゃくちゃ怒り、母親とはそれから三カ月ぐらい口をきかなかった。

犬はそのあと何匹か飼ったがジョンのようなやるせないほど気立てのいい、そして賢い犬はいなかった。

椎名誠

椎名誠

クロや

杉浦日向子

クロとの出会いは、昨年の二月十五日。銭湯の裏庭の、古タイヤの中に寝ていた、真っ黒けの子犬。七匹兄弟の内、六匹は里親が定まり、最後の売れ残りの一匹だった。

マンションから引っ越して、雀の眉間程の庭がある家住まいとなり、念願だった犬を飼ってみたくなった矢先、近所の銭湯の番台に「子犬生まれました。かわいがってくれる方もらって下さい」との張り紙を見た。添えられた写真には、白や薄茶色のマシュマロを並べた中に、ぽっちり那智黒のゲンコツが交じっていた。

「あのう、子犬、見せてもらえますか」

洗い髪の水気を取りつつ、待つ事しばし。小学生の娘さんの懐に抱かれて、那智黒がやって来た。

「ごめんなさい。モウみんな決まっちゃって。後これ一匹なんです。…黒いし…メスだし…、やっぱり駄目でしょう…」

番台の上から、おかみさんが言う。一週間後の、二月二十二日に引き取りにくる約束をして、帰る。

一月十一日に生まれたと言うから、二月二十二日にもらえば、ゾロ目続きで、収まりがいい気がした。

ひと目見た時から名前はクロ。迷わなかった。狂犬病予防注射に、獣医へ行った時、受診票を一瞥するなり、

「ええっ、クロ。もっとちゃんと名前つけてあげなくっちゃあ」

と説教された。大きなお世話だ。真っ黒な犬は、どこへ引っ張って行っても「あらクロちゃん」と声を掛けられる。なまじ、エリザベスだのカルバドスだの、凝った名を付けた所で、外へ行けば否応無く「クロちゃん」なのだ。普通の犬なら、本名とワンワンの二つ名の所、黒犬だと、本名、ワンワン、クロちゃん、の三つ名となる。いたずらに、混乱を招くより、先手必勝、クロとするのが思いやりだ。決して、おざなりに命名した訳ではない。

那智黒ゲンコのクロも、あっと言う間に満一歳となり、公園のベンチに座り、肩を組んで夕日を眺められる位に、でかくなった。毎日、朝晩二度、一時間ずつ散歩する。犬の体内には時計があるらしく、朝八時、夕四時、五分と違わずワンワン催促する。早起きとウォーキングの

敢行で、めっきり食欲が増し、クロが来てから三キロ太り、体力も付いた。以来、日頃不摂生で胃弱に悩む御仁には、犬を飼うことを、強くお薦めしている次第である。

杉浦日向子

杉浦日向子

『犬は本よりも電信柱が好き』より

あとがきにかえて——イアン・フィリップス『ロスト』

吉野朔実

私が生まれたのは大阪だそうです。まったく記憶はありませんが、両親が私に嘘をついても何の意味も価値も無いと思われるので、きっとそうなのでしょう。その後、父の転勤で熊本に移りました。こちらの季節や風景の記憶は鮮明です。もっとも住所や駅などの名前を覚えていたわけではないので、違う場所だったかもしれません。

記憶の中の熊本は暑くて、毎日のように夕立が降り、平屋の社宅は雨漏りがして、盥やお皿が部屋に並んでいました。コン：コン：と雨の音が天井に響いて、雨が上がった後の庭にはちいさな虹がかかっていました。裏庭には桜の木、前庭には物置があって、物置には犬がいました。名前は「ころ」。目も見えないちいさな黒いかたまりが玄関でみいみい泣いているところを、母が拾ってミルクをあげて育てたそうです。しかし父はまた東京に転勤することになりました。その時「ころ」はお隣の人に貰っていただいたと後に母に聞いています。タクシーで空港に向かう時「ころ」はいつまでも見送っていたそうです。そしてお隣から逃げ出して野良犬になったらしいとも聞きました。田舎だったから野良犬の子供をいっぱい産んで幸せだったかもしれません。女の子でした。

幼稚園に上がる直前から十四歳の夏まで東京の団地の四階に住んでいた時は、桜文鳥やハムスターを飼っていました。その頃の夢は、

・迷い犬をたまたま見つけて飼主に返してあげる。

・巣から落ちた小鳥を育てて空に返してあげる。

というものでした。もうひとつ、

・庭を作る。

というのもありましたが、これは実際に小学校に勝手に作って先生に怒られたので、ほぼ満足しました（『お父さんは時代小説《チャンバラ》が大好き』参照）。

当時はまだ段ボール箱に入って捨てられている犬や猫も結構いたので、これも友達とよく団地の軒下にかくまってミルクなどあげていましたが、大抵知らない間にいなくなっていました。しかし、小学校の帰り道どんなに気をくばりながら歩いたとしても、迷い犬や小鳥はそうそう落ちているはずもなく、仕方が無いので替わりに他人のおうちの犬に給食の食パンをあげていました。犬を飼いはじめた今となっては飼主に大迷惑であったと反省しきり。犬はいつでもど

んなに食べても食い意地が張っているものだなんて知らなかったんです。

さて、またまた引越す事になって、今度は千葉で一軒家だったので犬好きの父は早速知り合いから、柴とシェパードの今でいうＭＩＸ（雑種）を貰ってきて「こてつ」と名付けて飼いはじめました。「虎徹」……新撰組組長、近藤勇の刀の銘です。「今宵の虎徹は血に飢えている」。弟の手を噛んで五針縫う怪我を負わせた兵、あるいはばか者でした。男の子。外に繋ぎっぱなしであまり相手をしてやれなくて悪かった。

今現在は、ひとりで犬を一匹飼っています。名前は「こおり」。こうなったら四匹目も名前の始めは「こ」にしよう。たとえば「こたつ」「こんろ」「こばんざめ」。

もしこの犬が迷子になったらなんと書いてアピールしようかなあと、迷い動物の手書きポスターを集めた本『ロスト』を読んで考えました。この人ポスターを集める時は、頂いた御礼にそれを十枚コピーして貼りましょうと言っています。なかなか細かい。

「『こおり』ウェルシュ・コーギー・ペンブロークのオス。二歳半（二〇〇四年九月現在）。茶と白。額に白い流星あり。11・5kg。吼えたり噛んだりしません。警戒心が強いくせに好奇心が旺盛。名前を呼んでも振り向くだけで寄って行くと逃げ、その後こちらが逃げると追いかけてきます。追いかけっこが大好き。見かけた方はお知らせください。御礼します」

吉野朔実

犬の名は。

高橋久美子

小学生の頃、作りたての肉まんを友人宅へ届けに行っていたら、ちょうど犬の散歩をしている友人に遭遇。立ち話をしていたところ、よほど足が肉まんに見えたのか、ふくらはぎをガブリとやられ病院へ運ばれた経験がある。それ以来犬は苦手だ。かわいい顔をしているが奴らには牙があることを忘れるなかれ。それなのに、どういう因縁か私の干支は戌年、ずばり年女なのだ。

正月、愛媛に帰省していた際、新宮町の観光施設『霧の森』で餅つき大会があると聞き家族で行ってみた。東京でも有名になりつつある抹茶の大福を買い、いざ餅つき会場に行くと既に長蛇の列。皆でつくのかと思いきや町の方々がついた餅をふるまってくれるようだ。

働いてないのに餅だけ食べるのは心苦しいが、かといって辞退する気もなく、つきたての餅を無事胃袋に納めうろうろしていると、何やら鉄の檻《おり》がある。近寄って見てみると生後一カ月程の犬ころが五匹かたまっているではないか。紙には「柴犬と雑種のミックス」と書かれている。戌年だけに里親探しをしているようだ。わらわらと子どもたちが集まってきて子犬を触り始めた。姉の子三人も夢中だ。

餅つき大会はすっかり犬触り大会になっていた。鑑から出された子犬は、チャンス到来とばかりに脱走を試みるものや、怖くてぶるぶる震えるもの、寝ているものなどさまざまだ。個性とは生来のものだなあと、しばらく私も遠巻きに眺めていたが、やっぱり犬より餅。妹と餅つき会場に移動した。実家でも毎年餅はつくが流石に電動の餅つき機である。きねの重さや、打ち付ける感触は格別で、おじさんたちと掛け声をかけながらついていると体もほかほかしてきた。地域の行事に参加するのもいいものだ。

ベンチに座って二度目の餅を食べているとケーブルテレビがやってきた。

「子どもじゃないけどいいんですか？」

妹と二人半笑いでインタビューに答えていると、ぞろぞろと甥っ子たちがフレームイン。あれ？　母が犬を抱っこしているではないか。

「犬飼うことにしたよ」

と姉。五匹の中で一番怖がりだった犬が腕の中でやっぱり震えている。鼻の頭が白いのを気に入って小一の甥が決めたのだそうだ。七人と一匹でコントみたいにテレビ出演したおかしな正月だった。

帰りの車内、じっと犬を抱いている甥は数時間で父親になったかのように逞《たくま》しい表情をしている。

「名前はモチ？」

と冗談で尋ねると
「モチええな」

と言う。

「じゃあ、モチ太郎は？」

と聞くと、しばらく考え
「鼻が白いからモチシロにする」

と。ほほー、通常ならシロモチだが、単語をひっくり返すことで真新しい響きになる。概念にとらわれない子どもの発想には脱帽した。

名前がつくと一気に愛着が生まれるから不思議だ。「犬」ではなく「モチシロ」という世界に一匹の友になっていく。子どもたちは代わる代わる抱っこして何を食べさせようか相談している。大工の叔父に頼んで作ってもらった立派な犬小屋に入ると震えも治まった。昨日とはまるで違う今日が、もう子どもたちを成長させていく。

私はというと、東京に帰ってからもどうもモチシロのことが気になって、度々母に電話してしまう。案外、今年は本当に犬の年になるかもしれないなあ。

Ⅲ　うちの名犬自慢

荒畑寒村とレボ

犬と男

田辺聖子

犬好きな女、というのも世の中には多い。（もちろん、猫派も多いであろうが）

犬ならつい、相手になってしまうとか、小型犬なら、一も二もなく抱きあげたくなるとか。

……私もそのたぐいである。

しかし、男ならどんなのでも好き、という女はいない。（そういう女も、広い世間にはいるであろうが）やっぱり、動物同士だから、毛色の合う合わない、ということがあるだろう。

……女たちが寄って、そういう話をしていると、必然的に出てくる話題は、

〈では、犬と男と、どっちが女にとって好もしい存在か？〉というものである。

女たちはこの議論は底が深い、という。

犬と男は、一見、女に寄り添って生きていてくれるようにみえる。

男は女と共棲みする。犬も、飼われるとおとなしくその家に居付く。しかしそこから違う。

まず犬は食べ物について文句をいわない。

〈毎日同じものばかり食わせるなっ、たまには目先の変ったもんを出せっ〉などと、どならない。出されたものをおとなしく食べている。

ついで、犬は着るものの不足をいわない。

より好みしない。

〈これじゃない、もっと薄い色のヤツ〉

〈あれはクリーニングに出してるわよ〉

〈なんでオレが着ようと思うとき、いつもクリーニングなんだ！〉

なんて無茶をいわない。生れつきの毛皮で一年中、満足している。

次いで、犬が、男や猫にまさる最大の美点。

つないでおけば彷徨《ほうこう》しない。

犬はおとなしくつながれ、ブーブーいわず、運命をたのしく甘受して愛撫を待つ。（ときどき、やるせなげに穴を掘ったりするが）

男には綱がつけられないので、一たん女の手もとを離れると糸の切れた凧《たこ》、風来坊となる。

――と、ここまでは犬と男の比較はスムーズに進むが、あとは個別的な様相を帯び、

〈犬はねえ、女の愚痴をだまって聞いてくれるわよ。主人は、私が愚痴をいいはじめると、う

るさい、聞く耳もたぬ、という冷淡さよ〉なんていう女あり、

〈どっちにしようって、人生には迷うことあるじゃない？　男に相談しても無視黙殺ね、犬なら、アンタの考えてるのが一番、とうなずいて力づけてくれるわよ、励ましてくれるわ〉

結局、女たちが口を揃《そろ》えての結論は、

〈犬は百パーセント情《じよう》を返してくれるけど、男はせいぜい十パーセントね〉……だった。

田辺聖子

犬馬鹿

江藤淳

世に親馬鹿というものがあれば、犬馬鹿というものがあっても不思議はない。ところで、現在私は、その「犬馬鹿」というものの典型になりつつあるところである。子供の頃、少年講談というので五代将軍綱吉の殺生禁断令の話を読んだときには、何という下らないことをする殿様だろうかと大いに不思議がったものであったが、今ではむしろ綱吉将軍に同情したい気持である。

いったい、権力の頂点にいて、奉仕されるばかりで何ものにも奉仕できないということほど退屈なものはないだろう。綱吉という人は、若い頃は儒学を学んで、さかんに道を匡《ただ》そうとしたほどの、真面目一方の男だったから、人間世界には厳として君臣の別というものがあり、どうあがいたところで、将軍家が奉仕するなどというめぐりあわせになることはないということは百も承知だったにちがいない。天は人の上に人をつくらず、どころか、天は将軍家の上に人をつくらないのである。京都の御所にいる天皇家については、これは要するに奉仕の対象ではなくて、微力な政敵にすぎなかったと推測される。この厳格な秩序を否定するためには、独創的な想像力が要る。たしかに天は将軍家の上に人をつくらない。しかし犬をつくらないとはいっていないではないか。よし、俺は犬に奉仕しよう。犬こそは絶対者であり、自分はその僕《しもべ》である。いわんや士農工商、四民はことごとく犬の僕である。犬を尊び、犬を敬え。いや「お犬様」というがよい。

綱吉の心境たるやまことに察するに余りある。かくして彼は自分の周囲の世界の価値転換に成功したと信じた。しかり、彼は自分を僕にした。しかし彼の臣民どもはやはり僕であり、僕の僕にすらなり下ったのである。ここを読み切れていないところをみると、綱吉という人はやはり観念的な哲学青年であって現実政治家の器ではなかったらしい。絶対者は僕になりたがる。だが、僕どもはすこしでも支配者に近づきたがる。決して僕の僕にはなりたがらないのである。わかり易い話をすれば、たとえば、ノーベル平和賞の輝かしき候補者、わが不死鳥日本の総理大臣なる、岸・バードライク・信介氏などの心境が、ちとこの五代将軍の心境に似てはいないであろうか。

かつて、日本帝国華やかなりし頃には、商工大臣岸信介氏は、天皇を「輔弼《ほひつ》」する一大臣であって、まかりまちがっても絶対権力者ではなかった。否、東条英機氏といえども、やはり絶対的権力者などではなかった。天皇がちゃんと頭の上におられて、彼ら「輔弼の大任」にあたるものの奉仕を嘉《よみ》し給うていたのである。足元を見れば一億の忠良なる臣民は整然たる位階勲等にしたがって彼をかつぎあげてくれている。尊敬され、且、奉仕し、岸氏はこよなく幸であった。しかも、天皇は、綱吉将軍とはちがって、「犬をあがめよ」などという革命的なことをいわずに、ナマコやウニの子供をいじっていて下さる温和な、控え目な紳士だったのである。

しかし、爾来十有八年、岸氏は新憲法の下で不幸にも彼の最も好まない〝責任ある最高権力者〟の地位についた。巣鴨の拘置所のなかでは、彼はどれほどかこの地位に憧れたであろう。が、一旦それを獲得してみると、どうも様子がおかしい。国民はもはや彼をかつぎあげてはくれない。奉仕すべき天皇は神様ではなくなって、只の「象徴」(！)になってしまった。国民のほうは力づくでねじ伏せてしまえばよいが、彼の奉仕したい欲望のほうは悶々とみたされない。それで岸氏は、その対象を二重橋の向う側のかわりに、太平洋の向う岸に求めたのである。去る一月二十日、白亜館「東の間」で、新安保条約が調印されたとき、彼の宿願は漸く達成された。つまり、権力者は拘束されることを求める。マゾヒストが高手小手に縛りあげられることによって性的な快楽を味わうように、あの冷静をもって鳴る岸氏といえども、この時ばかりは得もいわれぬ甘美な感覚が体中を走りまわるのを感じたにちがいないのである。彼はすでに孤独な権力者ではない。米国との条約によって特権的に拘束されている。しかり、権力者はつねに特権的に拘束されることを求めるのである。王のために、アイゼンハウワーのために、という私情が、いかに国民のために、国家百年の大計のためにという公けの配慮にくらべて強力な感情であろうか。

そこで、私は犬のほうが無難だというのである。親愛なる内閣総理大臣閣下よ、どうです、今からでも遅くはないから犬を一匹飼ってごらんなさい。それも、なにもあの威風堂々たるグレート・デーンや誠実一筋のセント・バーナードのように偉大な犬どもでなくてもよい。わがダーキイ嬢のように漫画的な風貌を持ったコッカー・スパニエルか、あるいは街頭を行くアヒルの如きかのダックス・フンド程度の、ほんの小犬がいいのである。「バードライク」とあだ名をとった閣下のことだ、ダックスが一番似合いかも知れないが、とにかくこの小犬という奴はあなたをいかに忠実な僕にしてしまうか。日本国民の大半は「公僕」の僕になることにすでに腹を立てている。その「公僕」が実は米国の僕で、自分たちは結局僕の僕でしかない状態に釘づけにされてしまうことになったら、いかに腹を立てるか。しかし、実はあなたが犬の僕であって、自分たちは犬の僕の僕だということを発見したら、いかにくすぐったそうな顔をするであろうか。なんとなれば、核兵器を持った強大国への従属は破滅をもたらすおそれがあるが、犬への従属は最悪の場合でも何ものも生まないからである。いや、ひょっとすると国家的な畜犬振興政策によってかなりの外貨獲得が可能かも知れない。西洋では貧乏人は高価な犬を飼う。

金持に売りつけてもうけるためである。われわれ貧しき日本人も、せいぜい高価な犬を飼ってアメリカやソ連に売りつけてやればよい。

こういう考えが浮かんで来るのは、ほかならぬこの私が現在犬に奉仕する最高権力者の楽しさを味わっているからである。勿論わが家の最高権力者は女房であるが、彼女は目下病気入院中であって、私は自然の勢いとしてその後を襲っている。もっとも、わが家にはほかに人間の家族というものがいないのだから、これは自慢にもなにもならない。私が原稿を書いていると、ダーキイは顔をなめに来る。寝床にはいれば私の腕を枕にして眠る。朝になると小便だから戸外に出せという。新聞を読んでいると早く飯をくわせろという。飯を喰ってしまえば、一緒に遊べという。遊んでやると、泥足のまま座敷にあがりこんで駈けずりまわり、足跡を畳の上につけてまわる。しぶしぶ掃除をすれば、帚にとびつき雑巾をくわえていってかくしてしまう。自動車がとまるたびに、ほら、ママだから見て来いと吠え立てる。私は、只今、こうしてダーキイにこきつかわれて暮しているところなのだ。だが、いったい、奉仕したい欲求のほうはそれで充たされたとして、私は折角手中におさめた絶対的専制の権力を、誰に対して行使したらよいのだろうか。この点についていえば、私は只今焦土と化したモスクワに入城した時のナポレオンの心境に近いものを感じている。

江藤淳

親ゆずりの犬好き

幸田文

楽しむことをいくつ知っているかで、老後のしあわせはだいぶちがう、という。私は一人暮しの老後だから、はた目には淋しげにみえるかもしれないけれど、割にいろんなことを楽しむほうなので、今日まで退屈をもてあましたなどいうこともなく、結構よろこびある日をすごしている。

子供の時から動植物が好きなのである。植物のほうは朝顔だの、大豆だのから楽しさを知りはじめ、鳥は雀、からす、百舌《もず》から、さかなは目高《めだか》から、動物は犬からである。

犬は特別に好きだった。これは自分でひとりでに好きになったのではなく、親から教えられて知った喜びである。親ゆずりなのだ。父も子供の時から犬が好きだったというが、それもまた親ゆずりかどうか、そこまではよくわからない。

父の最初の犬は「その辺にいたやつを手なずけた」というのだから野良だったろう。

その後十九歳のとき、父は北海道の郵便局へ電信技手として赴任し、そこでも小型の雑種とつきあっている。この犬は三味線でかっぽれをひくと、あと足で立ち上り、鼻の頭をなめなめ踊るのだそうな。誰かがそうしつけたのだろう。

雪深く、海荒い遠い土地で、まっ黒な鼻をテカテカ光らせながら、かっぽれを踊る犬に哀感ひとしおだったらしい。

血統のいいセッター、ポインターを飼ったのは、もの書きとして身をたててからである。鉄砲に凝り、同時に犬にも凝った。だが、どういうわけでホイペットなんか、レース犬を飼ったのだろう。よほど気に入っていたらしい。

しかも、そうした血統犬のあいだに、秋田まじりの大型雑種も飼っている。これが、〝見どころのあるいいやつ〟のくせに、噛みつき癖をもっているので、さんざ手古摺《てこず》らせられている。

こういう父親だと自然に、子供にも犬を教える。セントバーナード、ボルゾイ、チャウチャウ等々は、みんな写真や絵でわからせてくれ、セントバーナードには雪の森林、ボルゾイには赤く燃える暖炉をそえて、話してくれた。

けれども実際に父が私の犬として与えてくれたのは、そんな立派な犬とは程遠い、雑種だった。しかも犬殺しに追われて逃走中のその逃げっぷりがみごとだといって、その場で買上げてくれた野良なのである。みすぼらしい、赤い毛の牡だった。小学校二年生くらいの時である。

これがちっとも馴れてくれなかった。馴れないなりにも外出には、ついてくるのである。ある日、おつかいの途中の往来で、運わるく、闘犬用のブルに出逢って、砂利の山の上で喧嘩になった。なんといっても闘犬なのだし、体力にも差があった。だが、アカは退《の》かなかったし、耳から血を流して戦い、私は夢中で声ふりしぼって応援した。勝った。その帰途なのである。並んで走り帰る道で、アカは急にじゃれた。一挙に仲よしになったのである。馴れてくれない淋しさ、なれた嬉しさ。子供と野良の友情は、結ばれたのである。

それ以来、ずっと私は犬をかわいく思っている。犬を見かければ必ず、まず私のほうから先に笑みかけるのである。すると、犬によってはちゃんと、笑った顔をして挨拶をかえす。時によっては犬はいぶかしげな表情で、「はてな、このひと誰だっけな」とさぐる。「誰でもないよ、横丁のおばあさんさ」と答える。「へえ、横丁のねえ——ま、いいや。いい天気ですねえ。」「そうとも。こういう日には、おたがい様に歩きいいから助かるよねえ。」以上のようにつきあって、私は楽しいのである。

ついでながらいえば、猫は怒った顔が立派、犬はほほえんだ顔に素直さを見せる、と私は思っている。犬が笑うといえば、ひとは私を「ちょっと感覚がちがうわネ」と嘲《あざ》けるが、私は犬は笑ってくれると信じている。

幸田文

愛としての犬、そして猫

服部みれい

まさか自分が犬を飼うとは思っていなかった。

自分は完全に猫派で、飼うならこれからも猫だろうと信じていた。

だいたい子どもの頃から、転勤族だった我が家に、大きな動物がいたためしはない。唯一飼っていたのは、インコのピッピちゃんだけだ。

２０１７年の忘れもしないクリスマスイブに、突如、美濃柴犬なる日本犬を飼うことになった。まさかの育児ノイローゼになりながら（本当になるのだ。犬は夜泣きもする。ちなみに犬は、想像妊娠もするらしい）みんなで大切に育てた。なんとか成犬になる頃には、これまで湧いたことのない犬への理解と愛情があふれて、なぜ人々がペットロスになるのかもよく理解できた。

犬は、散歩を好む。

うちは一日2回ほど散歩をする。散歩をすると、行き交う人の誰が犬好きで誰が犬好きじゃないかすぐわかる。犬が好きな人、興味がある人は、すぐに犬に気づき、ずっと見ている。もちろん話しかけてくる人もいる（土手などで土筆《つくし》を探しているとき、最初はわからないけれど、だんだん「土筆目」になり、土筆がすぐ探せるようになるように、「犬目」があるように思う。犬目をもっている人は、すぐに犬に気づき、犬に意識を向ける）。

いやあ、この世界には、犬がいる世界を世界としている場があるのだと、犬を飼いはじめてよくわかった。犬を飼っている者どうし、無言のやりとりだってある。もちろん犬どうしもある。犬など、散歩へ行ってあたりを嗅ぎまくり（歩くというより嗅ぎに行くという行為に見える）、情報収集に余念がない。

犬と人にもある。わたしが尊敬しているTくんという人物は、犬から溺愛されている。なんでも子どもの頃、飼っていた犬を、野犬から血まみれになって救った経験があるそうだ。そういう情報は、犬から犬へ、犬テレパシーによって世界中の犬に伝わるのではないか。うちの犬などTくんに会うと、ほかの人には見せることのない愛を表現する。別の犬がTくんを愛しているところも見たことがある。

きっと、子どもがいる世帯も同じような仲間意識とまではいかないまでも、共有する意識のようなものがあるにちがいない。無言でつながっている何か。もちろん、趣味などでもあるのでしょうね。道ですれ違って「あ、あの人も」と無言で思う瞬間でつながっていることがわかる世界。アンテナも無線ランも必要としない情報網。

犬を飼うようになって、本当にこれまで知らず、そして気づいたのは、犬は愛そのものだということだ。なぜ、人々がこんなに動物が好きなのか。犬好きや、猫好きがいるのか。簡単なことだった。動物たちが、愛だからだ。人々は愛に惹かれる。猫だって同じだ。わたしがかいたあぐらに、しずしずと乗って、丸くなって眠るとき、猫は、愛だ。愛のかたまりが、わたしの足の中で眠っている。これはたまらない気持ちになるし、ありがたい気持ちにもなる。

犬は、愛として生き、愛として歩き、愛として食べている。愛が躍動している。思わず抱きしめてからだを撫でてやる。ゆるく尻尾を振り、犬もわたしをなめるなどし愛を交換する。

以前わたしが、縁側であるマッサージを受けていた。犬はすぐそばでそれを見ていた。マッサージの後半で、からだを手でぽこぽこと軽く叩く手技になった。そうしたら、犬は、突如施術者に吠えた。「やめろ!」といっているのだ。「ご主人さまを叩くな‼」と吠えるのである。犬ならではのわかりやすい愛の発露である。

こんなわかりやすい愛の顕現を、わたしたちは容易に感じながらこの世界を生きるという恩

恵を受けている。

服部みれい

駄犬・駄主人

徳川夢声

エス君は、まさに駄犬には相違なかったが、一種の名犬でもあったと想う。同じく名犬と云っても、シェパードの名犬とかエヤデルの名犬とか、血統が純粋なるを以って名犬とする場合と、雑種でこそあれ、人命救助をするとか、強盗の喉笛へ喰らいつくとか、歌舞伎劇の（猿芝居のである）馬を演らせれば日本一とか、算術が得意である学者犬とかは、やはり名犬と云うべきだろう。エスは後者に属する名犬であった。いや、その名犬の素質を有《も》っていた犬なのだが、主人が私という天下の駄主人であったため、あたら不世出の才能を抱きつつ駄犬として世を終ったと、いうべきかも知れない。

とにかく、凡犬でなかった。

その頃尋常二年生か三年生だった長女が、学校の帰りに何処からか貰って、抱いて帰ったものだ。母親の乳房にぶら下っている兄弟姉妹たちが、まだ五、六匹いたそうだが、その中から一番可愛いのを選んで来たのだそうだ。成る程、まるまると肥っているところは可愛いと云えば、可愛いが、なんだか亀ノ子みたいな感じで、耳が小さく、腹ばかり脹らんで、少しも気品というものがない小犬だった。斯んな犬、飼ったって面白くもなんとも無さそうに想えた。

然るに、第一夜の彼の行動たるや、まず吾々を驚かせるに充分だった。いきなりその第一夜に於いて、泥棒の向う脛に喰いついたという訳では、勿論ないけれど。

「おや、この犬変ってるよ」

「まったくへんだわね」と吾等夫婦が感服したのは、彼氏が全然ウンともスンとも云わない事である。

母親の乳房から引き離され、多くの兄弟姉妹たちと分れ、新らしき飼主の家に第一夜を過す仔犬は、必ず夜通しクンクンと泣くものである。少くとも現在までの私たちの経験ではそうだ。

「おや、逃げちまったかな?」

「死んじまったんじゃないかしら?」

あんまり森閑としてるので、私たちは交々、彼を閉じ籠めてある玄関を眺めに行ったものである。

電気を点けて見ると、居ることは居る。そして、無言のまま小さな尻尾をふりながら、ボロ布の敷いてある蜜柑箱(のように記憶する)の中からノソノソ這い出してくるのであった。

当分のうち、安眠妨害をされるものと、覚悟していた私たちは、すっかり予定を狂わされて了った。少し張合ぬけがしたくらいである。然し一面、この犬に凡犬でないゾ、という印象を深く与えられた訳である。

翌日、彼が時々耳の辺を前足で掻くことに家人が気がついた。あまり再々やるので、妙に想って審《しら》べると、其処に無数のダニだか、虱《しらみ》だかがまるで数の子をみたように、喰いついていた。私たちはゾッと寒む気がしながら蚤とり粉をふりかけてやった。然しあれだけの虫が群がりついていながら、彼は泰然として、悲鳴も挙げず、快活に振舞っていたという事は、やはり凡犬でないという感じを強うした。彼は、娘たちによって「エス」という、至極平凡な名を与えられた。

総じて仔犬というものはそうだが、このエス君はとりわけ、人懐っこい犬だった。ものごころついてからも、犬には吠えても、人間に吠えることは殆んどなかった。人間なら誰れでも大歓迎である。

例によって私は、エス君にまず「お手々」を教えた。二、三日でちゃんと覚えて了った。次に「ワン」を教えた。これも忽ち修得して了った。

「こいつ、恐ろしく頭脳の好い犬だぜ」

「ほんと、こんなの珍らしいわ」

と、私たち夫婦は寧ろ呆れたくらいであった。この調子で次々に「ちんちん」を教え、「お廻わり」を教え、「おあずけ」を教え、GO《ゴー》・STOP《ストップ》を教え、更に数学を教え、歴史を学ばせすれば、天下の名犬になったのかも知れないが、何しろ私という人物は、ものの根気のない男である。彼が私から修得した芸当は、竟《つい》に「お手々」と「ワン」の二通りでお終いだった。

その代り彼は、自分自身で様々の芸当を発明した。その一つは彼が戸を開ける事の名人？になった事である。

横に引いてある戸なら、まず前足二本でガリガリと掻いて、少し隙間の出来たところで、鼻先を突込んでガラガラと開ける。開き扉ならば、片足でポンとたたいて征服する。これは誰が教えた訳でもないが実に巧妙なものである。

「あれ、いやだぜ。誰れが出てくるのかと想ったら、ワン公でやがら」

と、八百屋の若い衆などは、戸を開けてお出ましになるエス君を見て、気味を悪がるほどだった。もしエス君が、開けた戸を、今度はちゃんと閉めて行ったら、この若い衆は気絶したかも知れないが幸いにして彼の芸当は開ける専門であった。

犬の瘡蓋《かさぶた》

荒畑寒村

昨年の九月一日、僕の愛育してゐた麗といふ紀州犬が、省線電車のために轢殺された。尤《もつと》もこれには自殺だといふ説もあるのだが、何しろ未だに遺書が発見されないので正確な原因は判らないのである。だが、その為にあの震災を知らなかつた僕も、「忘れるな九月一日」といふ標語の悲痛味をしみ〴〵と実感するに至つた。で、その当時こそもう金輪際《こんりんざい》、犬は飼ふまい、と思ひ定めて、仔犬をやらう、貰つて呉れといふ縁談の口も、死んだ麗にすまないと思つて断はつて来たものゝ、さて時が経つにつれてどうも寂しくて堪《たま》らない。山川均君は畜犬に関するいろ〳〵な著書を読み漁るだけで、二三年は辛抱できるといふ事だが僕は欲しいとなると待て暫しがないので困る。かつて山川君から、君のやうに辛抱気がなくちや良い犬は手に入らないよと忠告されたが、然し良犬主義の原則を堅持して断じて駄犬は飼はぬとガンばつてゐた山川君も、令息がノラ犬の産み捨てた仔を拾つて来るに及んで、十年の苦節を拋《なげう》たざるを得なかつたのだから、僕は自然発生的な良犬待望主義に余り信念を置かない事にしてゐる。

そこらで今年の九月、人に誘はれたのを幸ひ、三十年ぶりに肥前へ出かけて生後三十日になる仔犬を一頭、もらふ約束をして帰つて来た。それから三十日して、その仔犬がたつた一人で小さな箱に入れられて東京駅に着いたので、出生地の東牟婁《むろ》郡新宮に因んでムロと名づけた。

かつて僕の駄犬趣味を笑つた人に対して、僕はよく、犬を飼ふはなほ妻を娶るが如し、どんな女でも女房になつてしまへば可愛いものだと云つたものだが、死んだ犬の事を忘れた訳でなくても新しく得た犬はやはり可愛い所なぞたしかに犬は女房に似てゐる。

それにまた、新宮から来たばかりのクセにして、家に着くなりフザケ廻つたり、吠えついたり、腹がへると飯をせがんだり、気に入らぬと怒つたり、悠々として無数に小便をしたり、初めて来た家で初めて会つた人間とも十年相識の如く狎《な》れ馴染み、自由に振舞つてゐる様子を見ると、いよ〳〵以て犬といふものは人間界の女房なるものと、多大の共通点を有してゐると思つた。

×

ムロが来たので急に忙しくなつた。飯に混ぜて与へるために、藤沢の山川君から魚粉を送つてもらつたら、これは人間用のだと言つて来たのでムロに詫を云ふやら、寄生虫を検《しら》べてもらふために富沢先生の処へ大便をもつて行くやら、下痢をしたと言つては薬屋へ駈けつけ、犬舎を作るので大工さんと協議する、殆んど寧日なき有様である。細君は年の瀬が近づくといふのに、僕が稼ぎもせずに犬で夢中になつてゐるのに憤慨して、さう犬の世話ばかりしてゐないで少しはうちの事も心配して下さい、一体あなたは犬と女房とどつちが大切なのですと詰問する。そんな事を改めて言ふ必要があるか、女房なんてタカが人間ぢやないかとヤリ込めると、犬なんてタカが畜生ぢやありませんかと逆襲する。犬を畜生とは何だ、犬は万物の霊長だぞと怒鳴ると、それぢや霊長に飼つてもらつたらいゝでせうと、日本犬の如き強情さを以て応酬する。至極もつともで返す言葉もないから、勢ひ止むを得ず交渉の打切り、実力の発動に及んで、夫婦喧嘩が開始される事にもなる。

俗に夫婦喧嘩は犬も食はぬといふが、何しろ古代人類の遺物が発掘される場合には必ず犬の遺骨も見出され、西暦紀元前三千五百年代の墓碑の彫刻に依つて、当時すでに現存犬族の種類の存せる事が明白であり、クセノフオンの論文中には猟犬の事が記されてゐる等、犬の歴史は殆んど人類そのものゝ歴史であると云はるゝ位ゐだから、犬が最も早く人間の生活と密接に関係を有してゐた事は疑ひない。従つて、犬くらゐ人間の夫婦喧嘩を見聞熟知してゐる動物はなからうから、飽々して食慾を感じないのも無理はないと思ふ。現に僕の友人のK君とその夫人の女流作家H女史とが飼つてゐた犬は、夫婦喧嘩を始めると実に厭な顔をして、さも軽蔑したやうな素振を示しながら立ち去るので、犬の前だけでは極りが悪くて夫婦喧嘩ができぬと嘆じてゐた。

然るに僕がかつて飼つてゐた犬は、食はない筈の夫婦喧嘩を食つてしまつた事がある。ある時、僕の家にその犬も食はない事件がもち上つて、僕は腹立ち紛れに飛び出してしまひ、細君も中つ腹で膳拵へをしたまゝ入浴に出かけたのであるが、その留守中、犬が膳の上に載せてあつた煮豆をきれいに頂戴に及んでしまつた。その太鼓のやうな腹を発見して吃驚した僕は、更に細君から二合の豆が平らげられたと聞くに及んで仰天し、それ下剤だ、やれ灌腸だと赤ん坊が銅貨をのみ込んだ程の騒ぎをしたが、そのおかげで肝腎の夫婦喧嘩は跡方もなく解消したのであつた。

さうかと思ふとまた、或る友人は夫婦喧嘩の末たうとう別居といふことになつて、家財道具から書籍まで両分したのであつたが、たゞ飼ひ犬の帰属だけが明かでなかつた。そこで犬は、或る時は亭主の所で泊り、或る時は妻君の方で飯を食ふといふ状態をくり返してゐたが、犬が亭主の所に往つてゐる時は妻君が心配して尋ねて来るし、妻君の方に犬がゐる時は亭主が案じて探しに行くといふ訳で、結局はこの破鏡覆水の悲劇も、犬が夫婦のカスガイとなつてハッピー・エンドに終つたと云ふ話もある。

『フクちゃん』より

横山隆一

横山隆一

人間、土に還るもの

深沢七郎×中上健次

中上　小説を書いてきて一番うれしいのは、このラブミー農場を手にいれたことじゃないですか。ぼくも菜っぱなんかつくるのが好きなんです。いまはぜんぜん土がない所に住んでいるんですが、豆の芽なんか、虫がうずくまってじっと待ってる感じですね。結局、還る所は土だと思う。

深沢　わたしみたいなことを、好きでやり始めた人が多いんですよ。今朝早くテレビで見たんだけど、津川雅彦も畑もってて、ジャガイモ掘りをやってた。朝丘雪路は見てるだけだったけどね。

中上　ぼく、受賞後、朝日新聞に「土のコード」というのを書きました。コードっていうのは、ギターのAm Fmというあのコードですね。そんなふうに音楽とも土ともつながってるわけで、生きものが好きなんです。一時はインコが百羽いた。

深沢　インコはふえるでしょう。

中上　バンバンふえるの。しようがないから非情だけれども、抱く前に卵をとっちゃう。それでも大きな部屋にウワーッと一杯いて、あっちこっちでつがって、卵を地面に産んで、雛にかえすんです。それが別な親鳥にやられて死ぬ。そんな死骸が庭にたくさん埋めてあるんですけど、春になるとウワーッと草が茂ってくる。

深沢　肥料になる。大変な有機物だから。

中上　凄いなという感じで……。ぼくはそれを思うと、花だって簡単に剪れないんですよ。傍の山椒の木も大きくなって、これはぼくの思い入れかもしれないけど、単に有機物というより……

深沢　霊魂がある？

中上　とにかく凄い。今は住いの関係で飼ってないけど、犬も好きでした。

深沢　こないだ犬橇《いぬぞり》で北極探険してきた人がいるけど、あれは人間じゃなくて犬がやったんだね。チャンピオンの犬だけ完走して、ほかの犬は死んでるんでしょう。あんな悪い奴はいない。記録的な悪さだと思うね。あいつに会ったら、おれは唾ひっかけて尻の穴に匕首《あいくち》を通して血を絞ってやりたいくらい嫌いですね。いいことか悪いことか、その区別がつかない人間は最低。彼に詩の同人誌が賞を贈ったというけど、詩人の魂もうめちゃくちゃだと思った。

千五百年前に、グリーンランドからアラスカへ、あのコースをエスキモーが犬橇で行ったというんなら、彼も大八車をひいてね、自分ひとりで行ったらどうですか。死んだ犬の肉はどうしたんだろうって、本当にそう凝っちゃうね。

中上　犬に賞をあげるべきですね。犬はいいですよ。フーテンしてるとき、子犬を拾って来たんです。それが雑種だからものすごくかわいい。東京へ出るときは、おふくろに飼っといてくれといっておくんですけど、留守のあいだにこれがまたどんどんふえる。困りました。雌だから、帰ってみると子犬を五匹生んでいる。その子供がまた五匹生んで……。

深沢　うちにもエルという雌のボクサーがいたけど、犬がかわいいというのは犬の一種の手なんですね。かわいいぞ、かわいいぞと尾を振って飼主に飼わせるのね。だからぼくは犬を飼ったとは思わない。飼われたと思ってる（笑）。だって、まずいものは食べないし、毎日同じようなものはいやだというし、お客さんが来たときにうまいものをこしらえると、涎を流すでしょう。

中上　そういえば憎たらしい（笑）。うちのも雑種で飼主はつましい身分なのに、飯に汁なんかかけないと食わない。その汁も肉のとか。

深沢　昔の犬は飯に味噌汁かけてやれば食ったけど、いまはマグロのフレークの罐詰。

中上　犬にも『楢山節考』を読ませればよかったのに（笑）。

深沢　この写真がエルで、雄の方がクレイ……。

中上　知ってますよ。深沢さんが書いたものはたいてい読んでるから。でも子供をつくったかどうかは書いてなかった。

深沢　カシアス・クレイのファンだったからクレイと名づけたの、これもボクサーだから。エルとクレイをかけあわせたけど、とうとう子供ができなくてクレイは死んじゃった。一晩くらいでね、コロッと死んじゃった。そのあとどこでどうしたか、エルが妊娠してお産になったんだけど、胎児が一匹お腹の中で死んでしまってね、ご婦人の犬のお医者さんに来てもらって帝王切開をしたんだけど、余病が出て、とうとう安楽死させたんです。生まれた子犬四匹も一緒に。お医者さんは惜しいといったけど、わたしはね、生まれたばかりで意識のないままに死ぬのが子犬たちの一番の幸せと思ったの。わたし自身だって、生まれた時に処理されていたら幸せだったと思うんですよ。

中上　そういうことで、結婚もせず、子供つくらなかったんですか。

深沢　結婚はしたんです。

中上　でも女は面倒くさかったですか。女はみんな面倒でしょう、子供を生みたがって……。このワイン、うまいですね。おれ、酔ったかな、少し（笑）。

深沢　子供を生むと責任を持たなくちゃならないでしょう。他人の子なら、あらあら、かわいいってかわいがってればそれでいいけどさ（笑）。

中上　だったら、逃げだせばいい。

深沢　そういうふうにうまくいきゃいいけれど……。子孫をふやすことは魂をふやすことで、これまた悪いことですよ。わたしはね、親父に怒られると、いつも「なんでおれをこしらえた」といってた。聞いてたおふくろが「あれをいわれるのが一番いやだよ、困るよ」といってたね。……おふくろというのはいい言葉だね。腹の中の袋、いい言葉だと思うね。小さい頃、親父の親戚へ行くとお母さんそっくりねといわれて、おふくろの親戚に行くとお父さんによく似てるねといわれた。

それで……、犬のことでしたね（笑）。犬がいなくなったら、小鳥がいっぱい来るようになった。屋根裏にも巣をかけて、うるさくてしようがないの。この間なんか、何だか知らないがポトンと落ちた。雛ですよ。雀に似てるけどホオジロみたいな鳥……。

あそこにいるのはムク鳥。汚い鳥だよ、あれは。

中上　鳩よりちょっと小さいやつ。

深沢　冬は電線にずーっと一列に並んで、その下を小学生が一緒に学校に行くの。電線のムク鳥が真っ黒、下の小学生が真っ黒、黒い服だから。人間もムク鳥みたいなもんだろうと思いましたね。ただ、人間は自転車なんかに乗るけど。

中上　ぼくは「人間は考える葦である」なんて、そんな馬鹿なことはないと思うんですよ。「人間は単なる葦である」です。単なる草だ（笑）。

深沢　本当にそうだ。

中上　深沢さんにいわしめると、「人間は単なるムク鳥である」。

深沢　そのムク鳥が五百羽から六百羽ぐらいうちの畑に来るのね。土の中の害虫を全部食ってくれる。犬がいたときは来なかったから、いま考えるに、番犬なんか、かえって農家にはよくないんでしょうね。ところが犬には税金がくるけど、猫にはこない。

中上　猫は知らなかった。

深沢　犬は春と秋に狂犬病の注射に行って千円くらいとられる。犬は益鳥を寄せつけないのに、ノー・タックスの猫のほうは野ネズミをとってくれるんだから、益獣ですよ。うちなんか、野ネズミに年中ジャガイモをくわれてる。日本国じゅうの野良ネコはどれくらいネズミをとってるかわからない。ネコの飼主は国から少し補助を貰ってもいいくらいだ（笑）。

Ⅳ 犬たちの不思議

戸川幸夫と四国犬のカク

イヌはなぜワンワンと吠えるか

戸川幸夫

　わが家に四匹の仔イヌが生まれた。もう二カ月になったので今が一番かわいい盛りである。二人の孫が争うようにしてご飯をやったり、遊んでやったりしている。仔イヌたちもすっかり孫たちになついて姿を見ると尾を振って駆けよって来る。下の孫が兄に聞いていた。

「お兄ちゃん、イヌはなぜ尾を振るの?」

「決まってるじゃないか、うれしいからさ」

「じゃあネコはなぜうれしくても尾を振らないのさ」

　そこで兄は詰まってしまって、結局二人で私の所にその理由を聞きにきた。子供のこんな質問が一番難しい。いい加減なことは言えないので書庫に入り半日掛かりで調べた。この孫たちと同じ疑問を持った学者も世界には少なく無かったとみえて、いろいろな学者が論文を発表していた。

日本ではイヌはワンワン吠えると一般に言われている。英語などではバウバウと書かれているが、それは日本人と外国人の感覚的な受け取り方の違いに過ぎない。要するにイヌはワンワンなり、バウバウなり、とにかくそういった吠え方をする。またイヌはうれしい時は尾を振り、うれしさの程度で激しくも弱くも振る。

このことはよく知られているが、孫たちの言うように、こういった尾の振り方や吠え方をイヌはいったいいつ頃からしていたであろうか?

尾を振るのはイヌばかりでなく、オオカミでも振る。

イヌとオオカミとは祖先を一にする動物だから、すでにその頃からこうした習性はあったらしい。学者によっては、この尾を振るという行動は仲間に対する信号であるという説を述べている人もいる。オオカミや野生犬(これは飼主から離れて野良イヌと化したのではなく、アフリカのリカオン、インドのドールと言った本来の野生種のイヌ仲間のことを言っているのだが……)は獲物を見つけると、仲間と協力して襲撃しようとする。その際、声を発しては獲物に逃げられるので、別の信号——つまり尾を振ること——によって、獲物が近くにいることを知らせた。その行動が、次には、その信号を見るともうすぐ肉にありつけるという喜びに結びつくようになった。それが、イヌがうれしい時に尾を振る行動へと変化したのだ、と言うのだ。

イヌはうれしいときだけでなく、敵と闘っているときも、尾を振る。闘犬場などで二頭の土佐犬が闘っているのを見ていると、よく尾を振っている。闘犬をやる人は「これはイヌが闘争することをうれしがっているからで、イヌというものは本来、闘争好きなものだ」と説明しているがそんなことはない。気の弱いイヌが、尾を振りながら吠えかかっているのもよく見るが、これとてうれしくて吠えているのではない。怯えているのである。つまり、怯えたり、闘ったりしているときは緊張して興奮している。これが尾を振るという行動になるのであって、人間が非常にうれしいときや悲しいとき、おかしいとき、口惜しいときに涙が出るのと同じで感情の激発したときの表現といっていい。

話は横道に外れたが、イヌやオオカミの仲間は尾を振るという習性があるのに、ワンワンという吠え声はオオカミや野生犬の仲間には決してない。彼らは単に遠吠えするだけで、イヌのように断続した吠え声は出さないのである。

人間に飼われていたイヌでも、野生化してしばらくするとワンワンといった吠え声を失ってしまう。反対に、オオカミや本来の野生犬でも、飼犬たちの中に入れて、一緒に生活させているとイヌと同様にワンワンと吠えるようになる。この事実は、かなり古くから知られている。

エリザベス女王時代（一五五八〜一六〇三年）にアロアという人がいた。この者が南米を航海しているとき目撃したことをその著書『アメリカへの航海』の中に、次のように書いている。

「この島（南米南端のフェゴ島）のイヌには大なる特性が保持されていて彼らは決して吠えない。

我々はその若干を捕えて甲板上に連れてきたが、やはり人に馴れたイヌと一しょになるまでは吠えなかった。そして次に吠える真似を始めたときも何か不自然なことを習っているかの如く極めて変な調子でそれを真似ていた」

オオカミがイヌの吠え声を真似て、次第にワンワンと吠えることを学んだという報告は一八一七年にF・キュヴイ氏によって、また一八九〇年にA・D・バーレット氏によってなされているが、わが国ではイヌ科動物の研究家平岩米吉氏が昭和五年以来、朝鮮オオカミ（ヌクテー）六頭、満洲オオカミ一頭、蒙古オオカミ二頭をイヌと同時に飼育してイヌのワンワン声に近い声を出させることに成功したと報告している。平岩氏はこれらのオオカミたちはイヌのワンワン声を習得するのに三カ月かかったと述べている。

こういった報告例はオーストラリアのディンゴやニュージーランドの野犬、極地の野犬についてもなされている。

逆に家犬も人から離れて長いこと野生状態に放置されるとだんだんとワンワン声を忘れてきて、終いにはオオカミのような遠吠えだけになる。

南米のジュアン・フェルナンデツ島で飼われていたイヌが、飼主から離れて野生化していてワンワン声を失っていたが、三十三年後にそのイヌの子供が捕えられて人に馴らされたら再びワンワンと吠えるようになったという報告もある。平岩氏はワンワンという吠え声を除いたほかの声、つまりものを訴えるクンクンとかヒューン、ヒューンといった鼻声、上機嫌のときのアーアー、あるいはアーウーンという声、怒ったときのウーッという唸り声、痛いときのキャンキャンという悲鳴、仲間を呼ぶときのオーオーという遠吠えは、イヌもオオカミも野生犬もすべて共通しているところからみて、ワンワンというイヌ独得の吠え声は人間に飼われるようになって、イヌが習得した特性だと言っている。

おそらく氏の言う通りであろうが、それではどうして飼育によってそういった変化が起こったのだろうか……?

平岩氏は食物獲得の方法が変わってきたからだろうと述べている。つまりオオカミや野生犬は獲物追跡中は決して声を立てない。仲間を呼び集める必要のあるときは立ちどまって、例の遠吠えをするが、走りながら吠えることはない。

ところがイヌは走りながら吠えるのである。その吠え声は一呼気に一声ないし九声で、これに要する時間は約二秒。これを越えるものはなく、平均して一呼気に四、五声である。これはオオカミ式の遠吠えが走るという動作によって、こま切れにされて何節にも分裂して吐き出されるからに違いない。

私たちにしても走りながらでは長く話し続けることはできない。言葉をとぎれとぎれにしてしか話せない。それを考えれば理解できる。

平岩氏はイヌがワンワンと吠えているのを高速度映画に撮影して研究したが、「イヌは静止して吠える場合でも、軽く足ぶみしていて、その吠え声は正しく左右前肢の足ぶみに一致している」と言っている。

じゃあなぜイヌは走りながら吠えるようになったのか？

イヌが人間と共同生活をするようになって、狩の手伝いをするとき、人間のために追跡中の獲物の所在を人に知らせるためにこういった習性を体得したのではあるまいか……。今日、イノシシ猟師たちが、追い鳴きをするイヌが便利だというのでよく鳴くビーグル種のイヌを日本犬に交配させ、イノシシに強く、かつ追い鳴きする猪犬を作り出していることから考えても、私にはそんなところにイヌのワンワンという吠え声発生の謎があるように思えるのである。

犬のわる口

田中小実昌

ぼくが原稿を書いているすぐうしろで、とつぜん、犬が吠えだし、びっくりした。

ぼくは、二階の四帖半の部屋の隅の掘りコタツ式になった机で原稿を書いている。うしろは本棚だが、その壁のむこうには、となりの六帖間の窓がある。

ぼくの家は通りの角にあり、この窓は通りに面している。うちのバカ犬が、いつのまにか二階にあがってきて、この窓に足をかけ、通りにむかって吠えてるのだ。

昼間は、犬は家のなかにはいれない。ところが、ほんとにダメな雑種の犬なのに、この犬は網戸をあけるのがうまい。

今は暑いので、下の部屋は網戸になっており、犬は、片足でコチョコチョっと網戸をあけ、かってに、なかにはいり、こうして、二階にまであがってくる。

昼寝をしているときに、犬に顔にのっかられたりしたら、たまったものではない。昨日《きのう》は、寝ころんで本を読んでるところに、猫がきて、ぼくの目と本のあいだにもぐりこみ、じゃまをした。

猫は、ぼくが本を読むのをじゃましてるのを、知らないのではない。ちゃんと知っていて、じゃまをするのだ。

ともかく、二階から吠える犬なんて、ほかでは見たことがない。おなじ二階の六帖間の裏側の窓から、この犬が外をのぞいていて、下におちたことがあった。

ぼくの家の裏には、塀とのあいだに、一・五メートルぐらいの通路があり、雨が降りこまないように、ビニール屋根がついている。

このビニール屋根の上に、バカ犬はおっこったのだが、ビニール屋根は傾斜しており、二階の窓から手をさしだしてるぼくのほうに、犬は這いあがろうとしては、ずるずる、すべり落ち、となりの家のご主人が、コンクリートの塀の上をあるいてきて、ぼくも外から塀にかけたハシゴをあがり、バカ犬を救出した。それでもこりずに、このバカ犬は、かってに二階にあがってきては、窓から外をのぞく。この窓も網戸なので、犬は、かんたんにあけちまうのだ。

女房と下の娘が中国にいったときは、上の娘が、犬と猫と、そしてぼくのゴハンをつくるために、うちにもどってきていたが、ある夜、上の娘が、つくづくあきれはてたみたいに言った。

「うちの犬と猫は、しつけをしなきゃだめね」

ぼくは、娘たちにしつけなんかしたことはない。まるっきりしつけなんかされたことのない娘が、「うちの犬と猫にはしつけをしなきゃ……」となげくのがおかしくて、ぼくは大わらいした。

動物は人間とちがい、やることにウラ、オモテがない、なんて言うが、とんでもない。ニンゲンならば、やはり、あんまりウラ、オモテがあることをやると恥ずかしい気もおきるだろうが、うちの犬や猫には、ぜんぜんそんなことはなく、ちゃんと、相手によって、ウラ、オモテがある。

うちの犬や猫にとって、いちばんこわいのは女房で、それから下の娘、上の娘、最後がぼくという順番になる。

女房や娘がうちにいなくて、ぼくひとりのときなど、犬の態度はコロッとかわる。前にも言ったかもしれないが、たとえば、ぼくが電話をかけたりすると、犬は、ワンワン、やかましく吠えたてる。

下の部屋の電話のあるところは窓ぎわで、犬はこの窓ぎわにきて、やかましく吠えるのだ。ぼくが電話をかけるのが、犬は気にいらない。

犬は、ぼくのことを、はっきり犬だとおもっている。犬のくせに、人間みたいな真似をして電話なんぞかけるな、と犬はおこってるのだ。

猫が、ぼくが本を読むのをじゃまするのも、人間みたいな真似をして、本なんか読むな、とおこってるのかもしれない。

そのほか、犬も猫も、ぼくひとりや、ぼくと上の娘がいるときは、部屋をでていく、またはいる、またでていく、またはいる、とこちらはドアボーイにいそがしい。

夜、ぼくが酒をのんでるときでも、犬がそばにきて、のびあがり、足をぼくの肩にかけて、「よう、なにかよこせ」と爪でひっかく。

猫もミャーオ、ミャーオ、うるさくってしようがない。猫は、ぼくが書いてる原稿用紙の上にのっかって、原稿を書くじゃまもする。

うちの犬と猫とはなかがいいというより、犬が猫にくっついてまわってる。猫のほうが歳がおおく、子犬のとき、猫におしつけたので、犬は猫のことを母親だとおもってるみたいだ。

しかし、よその猫は、犬はきらいで、だから、うちの猫のところに雄猫がやってきたりすると、犬はもうヒステリー状態になり、庭じゅう、いや、家のなかまではしりぬけ、ほかの猫のことを気にする。

ただ、ほかの猫に吠えかかって、追っぱらうというのではなく、ただ、うろうろと心配してるのだ。

よその犬がうちの前の通りをとおったりすると、犬は吠えるけれども、猫に吠えるということはない。

猫は母親の同族であり、うろうろ心配し、気にはかかっても、吠えたりはしてはいけないものだ、とおもっているのか。

とにかく、うちの犬と猫の悪口を言ってるとキリがない。しかし、犬や猫のはなしをするようになっちゃ、男もおしまいだねえ、とHさんに言われた。

オンナのはなしがでなくて、猫や犬のはなしでは、ほんとに、男としては、もうおしまいだろう。

おまけに、もともと、ぼくは男と女のはなしはうまくない。ぼくはスケベなオジン（オジイ）でエロ小説ばかり書いてるようにおもわれてるが、エロ小説も、けっしてじょうずではなく、たいへんへたなほうだろう。

ただ、ぼくが、バカみたいにストリップ劇場の舞台にでたり……これだって、ぼくは役者ではないし、見られたものではない……するので、ぼくをエロの大家みたいに、世間でも買いかぶってくださるのだが、男と女のことは、前から、まったくダメなのだ。また、ぼくには、女を書こうとか、自分はダメなりに、男女のあいだのことを研究して書こうという気もない。

せいぜい、こうして、自分のうちの犬や猫、そして、女房や娘たちのわる口を書いてるぐらいが似合ってる。今夜は、版画家のダン・ビリングスと新宿であって、飲む。三日前、新宿で飲んだとき、あるバーで、となりにいた若い女に、不意に腕にかみつかれた。ジョーズの歯型みたいなのが、はっきりのこってる強いかみかたで、びっくりしたが、その女とどうかなったわけでもなく、ただの嚙まれゾンだった。

牧場

長谷川町子

犬はまばたきもせず主人をみつめています。
ちょうやくの寸前です
①
のんびり草をはんでいた羊の大群がにげまどい
ヒュー
ここが忠義の見せどころ
②

パチ
パチ
パチ
パチ
たちまちさくの中に追いこめました。
とくいのほどが思いやられます
言いわすれましたがニュージーランド牧場《ぼくじょう》見学です。ツアーは、ここで主婦の手づくりの食事《しょくじ》をごちそうになります。
デザートのケーキがおいしいんですってヨ
私は、けなげな犬のことを考えていました。

一同、羊の毛をかりとる作《さ》業《ぎょう》をみて。
いまごろは……

うら庭《にわ》にまわると
やっこさん クビなど
かいて、くつろいでいます
アラ！きみ そんなこと していいの？
いま 休《きゅう》けい ちゅうですの
7
おくさんに きがねしながら カナッペを やると、
ねだりは、しないが くれるものは こばます、と、 いうたいど
8

長谷川町子

私は十二歳で父を亡《な》くしましたが
エンピツ走《はし》り書《が》きの俳句《はいく》のノート
をみつけました。
『舞《ま》い おうぎ
さるのなみだの
かかるなり』
こじおれですが。

父の、この句が好《す》きで田河水泡
先生にも見て頂き
ました。
舞いおうぎ
さるのなみだの
かかるなり
sketch

あまりによく
仕《し》こまれた
どうぶつは
かげで
どんな
かこくな
仕《し》置《お》きを
うけているかと、
11

正視《せいし》できません
12

ちょうど
ディナーが
はじまる
ころ
13

やっこさん
のこのこ
はいって
きました
14

寛大《かんだい》な
主人のそばに
ゴロリと
ねそべり
ました

この
きんべんと
レジャーの
バランスの
うまい
ワン公を
ときどき
思い出し
ます

長谷川町子

犬が西向きゃ

柴田元幸

誰もが知っていたのに自分だけ知らなかった、という状況にあとから気づくのは何とも気恥ずかしいもので、たとえば頬にゴハン粒がついているのは自分ではなかなかわかりにくいけれども他人から見れば一目瞭然であり、デルフォイの神殿に「汝自身を知れ」とわざわざ記されていることの意義はゴハン粒ひとつで確認できる。気楽な状況なら、オイ熊田君頬っぺたに飯粒がついてるぜオヤこりゃしまったハハハハハで話は済むのだが、改まった場ではそうもいかず、たとえば大学であればまず委員会を設置して（熊田亀吉教官米粒固着検討委員会、通称ＫＫＫＫＫ委）、しかるべき伝達方法を議論し、関係諸組織の合意を得た末に委員長が本人に伝達せねばならない。それを飯粒が乾燥して落下してしまう前に完了しなくてはならないのだから、組織の運営というのは大変である。

また、特に学校で教わったりするわけではないが誰もが空気のように知っていることを、その誰もが知っているという事実さえ知らずにあたかも自分独自の発見であるかのように言い立てて周囲の人々から呆れられる、というのもまた独特の気まずさがあるものである。僕の場合、最近、犬についてそうした経験を得た。

自転車で通る通勤路に、三匹の犬がいる（正確には、いた）。三匹とも町工場《こうば》で飼われていて、だいたいいつも工場の入口で大人しく寝ている。まず、僕と妻が勝手に「ジュウタン犬」と呼んでいる、毛足の長いジュウタンに手足が生えたみたいな、体中フサフサの犬。あまりに毛が伸びすぎるのか、毎年初夏になると、全身の毛をすべて刈られてしまい、人なつっこい丸顔かと思ったら実はキツネみたいな細面であることが年に一度確認される。最初は、全然違う犬がいるものだから犬にも交換留学生制度のようなものがあるのかと思っていたら、『ジキル博士とハイド氏』を超スローモーションで見ているみたいにだんだん元の犬に戻っていった。我々はこの犬の散髪（散毛？）によって初夏の訪れを知る。

それから、「箱入犬」と呼んでいる、たいてい犬小屋代わりの工具箱に体を楕円形にしておさまっているビーグル犬。夜に前を通ると、ときどき遠吠えをする。そして、「鉄クズ犬」と呼んでいた、骨代わりに鉄クズを齧る犬がいたのだが、工場が閉鎖されて犬もいなくなってしまい、その黒ずんだ毛色が地の色なのか油汚れなのか、わからないまま終わってしまった。

で、この三匹の共通点というのが、ふだんは大人しいのだけれど、飼い主が構いにくるとガゼン元気になることである。嬉しそうにぴょんぴょん跳ねて、アウアウ吠える。そして彼らはそんなとき、体の一部をせわしなく動かしている。そう、尻尾を振っているのだ。

そうか、犬は嬉しいと尻尾を振るのか。

――というのが僕の四十二歳の一年間における最大の発見であった。だがいうまでもなく、僕もすでに思い知ったように、これは日本の常識、世界の常識である。ああ恥ずかしい。

最初は相手がこっちの無知に驚き呆れていることに驚いてしまったものだが、いまではもう、驚き呆れられることが正当に思える。なぜだろう。人々の驚きと呆れがいまや僕のなかに内面化されたのだろうか。あるいはひょっとすると、知識として身につかなかったものの実は小さいころから「犬は嬉しいと尻尾を振る」と聞かされてはいたのかもしれない。その可能性も高い。子供のころ、近所の犬に追いかけられて怖い思いをして以来、犬についてはわりと、わかるまい・知るまいと努めてきたように思うからだ。でも確かなことは言えない。犬とその尻尾について何を教わったか思い出そうとしても、「犬が西向きゃ尾は東」というフレーズが意識の前面に巨大な広告塔のように立ちはだかってしまい、どうしてもその先に進めないのだ。

でもまあ、自分で何かを発見するというのはいいものである。いまは毎日、犬を見るのが面白くて仕方ない。

それにしても、百科事典で「イヌ」や「尾」の項を見ても、どちらも相当詳しい項目であるにもかかわらず、犬は嬉しいと尻尾を振るという記述は見あたらない。辞書に載っていない生の現実について僕は本当に無知なんだなあと改めて思ってしまうが、ともかく「尾」の項には、「哺乳類では生活様式に応じて尾の形態と機能は多様に分化している。バランスとり（イヌ、リス）、ハエ追い（ウマ、ウシ）、巻きつけ（クモザル）、武器（ヤマアラシ）……」とある(平凡社世界大百科事典)。嬉しいというのは、きわめて切実にバランスをとる必要がある事態のことなのだろうか。

話は変わるが、最近、エッセイ集、書評集、とたてつづけに二冊拙著が出るという、おそらく僕の人生で最初にして最後の事件が起きたため、雑誌などの取材依頼も何件かいただいた。大して売れるような中身じゃないので、少しは販売促進に努めないと出版社に申し訳ないから、一応お受けするけれども、そういうとき、かならず写真を撮られるのは困ったものである。たいていのカメラマンは、僕が笑うことを要求するのだが、カメラに向かって笑うということが僕にはどうしてもできない。ものすごくぎこちなくなってしまうのだ。

人類の場合尻尾は退化してしまったわけだが、カメラマンが困った顔をしているのを見ると、僕にも尻尾があったらいいのにと思う。そしたら左右にヒュッヒュッと尻尾を振って笑顔の代用品にするのに。あっ、でも写真だと静止像になっちゃうわけだから、運動の痕跡を残すためにものすごい速さで尻尾を振らねばなるまい。シャッタースピードが六十分の一秒とすれば、全然根拠はないがたぶん毎秒十往復くらいは必要だろう。中学のとき測った反復横飛びの猛烈な遅さから考えて、とても無理だと思う。それに、考えてみれば、笑いがぎこちないのと同じで、僕はきっと、尻尾の振り方もひどくぎこちないにちがいない。

柴田元幸

わが家の動物記

山田風太郎

いまのところ、私が動物とつき合っているのは、二匹の犬と、庭に来る野鳥だけである。

野鳥のほうは、はじめ何気なく残飯残パンを投げてやっていたのだが、そのうち向うからアテにされて、つい米をばらまくようになり、このごろは日本には米が余って困っているのだが、少し以前の話で、戦中派の私には米をまくのに何か抵抗があって、途中からパン粉に切りかえた。営業用の大袋を買って、毎日、水鉢の水をとりかえてやり、このパン粉をまいてやる。

どんなに寒い冬の朝でもこれを欠かさないので、子供が幼いころ、「お父さんは自分の子供よりトリのほうを可愛がる」と、抗議を申し込まれたくらいである。

このパン粉で庭にバカなどと大きく書いて、オナガ、ヒヨドリ、キジバト、ツグミ、ムクドリ、スズメなどが、その字の通りにならんで食べているのを、二階から双眼鏡で見る。どっちがバカだか知れたものではない、と思うこともある。

犬は、屋内用に小さなポメラニアン、庭に大きなアフガンハウンドを飼っている。

ポメラニアンのほうは、もう十三年くらいうちにいる。犬としてはもう相当の老人?のはずで、このごろは肉より、マグロの刺身、枝豆などが好物になった。そのうち一杯やりたい、などといい出すかも知れない。その上、アンパン、ヨーカン、大福餅などにも眼がない。主人の私が、酒飲みのくせに、食後によくそんなものを食うからである。犬は主人に似るというがほんとうだ。

毎朝、私が二階から下りてゆくと、短い尾をちぎれるほどふってよろこぶこと、その熱誠度は十三年間毛ほどもちがわない。人間もこうだと、ひとに好かれるんだが、と感心しないわけにはゆかない。実際いまでは、自分の子供より心のかよい合うのを感じる。

このポメラニアンが、庭に飼っているアフガンハウンドがちょっとでもテラスから顔をのぞかせたりすると、赤い声を出して、「お前なんか来る場所じゃない! 身分がちがう! 無礼者め!」と、さけびたてる。

犬は犬仲間より人間が好きなのだが、実際ふしぎな動物だ。長年人間に飼われて来たところから来た習性だろうといっても、猫や馬はこれほどではあるまい。

そのアフガンハウンドだが、これもほんとうは家の中で飼ってやりたいのだが、とにかく日本の家屋が、大きな犬を屋内では飼いにくいように出来ているのだからしかたがない。

しかし、そういう強烈な人間恋いの習性を持つ犬が、ふだん庭の一隅の柵の中に一匹だけいれられているということは、どんなに切なく寂しいことだろうと、そのつらさはこちらも痛いほどよくわかるのだが、どうにもいたしかたがない。ほんとうに大きな犬を飼いたければ、暖炉の前にいっしょに寝そべられるような外国式の家にしなければ、飼う資格がないのではあるまいかと思う。

それだけに、ときどき散歩に連れ出してやるときのアフガンの歓びは天にも昇らんばかりである。実は毎日散歩させなければいけないのだが、必ず途中でやるウンチを拾うのが少々億劫《おっくう》で、とにかく庭が比較的広いものだから、夜だけ放し飼いにして、それでかんべんしてもらっている。

で、その散歩だが、特に夏の夜明けがた、人通りのない町の散歩が快適で、それがヤミツキになって、ついには午前三時ごろ、犬を連れて散歩するようになった。それで娘が、私が真夜中あっちこっちの家のベルを押してまわってお巡りさんにつかまったという悪夢を見たそうである。

いつぞやは、昼、このアフガンの鎖を握ったまま走っていて、先をゆく美人?を追いぬいて、十歩ばかりいってふりむいたとたん、すぐ足の前を走っていた犬につまずいて、両者もつれ合い、こちらは掌や膝《ひざ》に全治数日間のスリキズの出来るほど盛大にころんだ。

いきなり背後から飛びかかられるという状態になって、アフガンは仰天したにちがいない。よく反射的にかみつかなかったものだと思う。ウワウ！　と一声吼《ほ》えたが、あとは、「旦那、どうしました？」といいたげに、心配そうにのぞきこんでいるばかりであったのには感心した。

イヌキのムグ

辻まこと

木挽きの市蔵はけっしてホラを吹くような人物ではない。また容易に他人からかつがれて座興にされるような男でもない。寡黙ではあるが、実直な仕事ぶりで村人にも信頼されている。その彼がムグのことをイヌとタヌキの合の子だと私に紹介したのだ。

父親は柴犬、母親がタヌキというこの因果な生命を彼は会津のマタギからもらい受けたという。人間の悪い智慧を、どんな風に働かせたのか、それは判らないが、私には到底信じられない話だと市蔵にいってやった。

「俺だってこのとしまでこんな話はきいたことがない。だがこの小屋に二、三日逗留してヤツを見てみれば判るが、ヤツはどうしても犬のようではない、といって狸とはおもえない。どうもマタギのいうとおりだと信じないわけにはいかないんだ」

ムグはちょっと見たところではすこしもタヌキらしいところがない。小柄な柴犬だ。たくさんのタヌキを見たわけではないが、およそタヌキの頭部はどんなに大きな奴でも、犬の三分の一もありはしないし、眼玉がちいさくて眉が狭く、いつもアゴを地にすりつけて、けっして外界に対して犬や狐のような研究的な眼つきはしないものだ。けれども、それらのことよりムグを犬らしく感じさせる特徴は、なにかに注意を向けるとき必ず示す柴犬のクセともいえる前肢を真直ぐにのばして、キッと頭を挙げて静止するポーズだ。それと老犬のアカが頓着せずに同朋あつかいをしている点だ。

だがだんだん付合ってみると市蔵のいう通り犬らしからぬところも見えてくる。

ムグは、昼間は土間の隅や、犬小屋の奥に引っこんで、からだを丸めて眠ってばかりいる。そのかわり、夜になると元気になって小屋の周囲をぐるぐる歩きまわって、そこら一面に穴を掘るのだ。老犬のアカもよく穴を掘るが、ムグの穴掘りはそれどころではない。タヌキもおよばぬ穴掘り小僧だ。

ムグは貪欲な性質で、きまって与えられる食物以外にも、野ねずみやうさぎを自分でつかまえて食う。へびでもバッタでも、カマキリでもおかまいなしだ。穴を掘るのも、どうやら、地虫やありを食うためらしいようすがある。

ムグは人に慣れない。村から遠い谷間の原生林にある市蔵の木こり小屋にはめったに訪れるものはないが、そのためばかりでないふしも見える。主人の市蔵ですら、ムグにとって絶対的な信頼の対象ではなかった。

主人によばれて近寄ってきても、ムグの表情には何となくゆだんのないものが見えるのだ。

「すっかり慣れていると思ったにわとりを、ある晩取って食いやがったから、仕置きをしてやったせいだ」

と市蔵はいうのだ。

まだ子ども気のぬけないムグを相手に一週間暮らしたが、私にもなかなか慣れなかったのだ。ところがある晩、秋の月が蒼い光をいっぱいに谷間にふりまいた晩なのだが、私は小屋の前の空地にでて、地酒に酔ったほおを冷やしていた。

「タヌキに月夜はつきものじゃないか、ちょっとオマエ化けてみろよ」

と私は横のほうに腹ばっていたムグに声をかけた。ムグは少し頭をもちあげて私のほうを見たが、何を酔っぱらいが、というようなふぜいで、犬らしいアクビをして、またもとの姿にかえってしまった。

木の葉の半ば落ちた森をすかして月の光がレースの縞をつくっている。いい気持ちになった私は、歌をうたい始めた。二つ三つの歌をうたってから私はスイスでおぼえたラ・タビエンヌという歌をうたった。するとどういうわけかムグが私に近寄ってきて、それからアゴを私のひざにのせたのである。

こりゃどうしたことだ。私はビックリして歌を止めた。するとムグはハッとしたように私を離れていった。

「ヘェー、おまえ歌がわかるのかね。驚いたぜこりゃ」

私はまた歌をうたってみたが、こんどは近寄ってこない。ところが再びラ・タビエンヌをうたったら、うっとりして近寄り、またひざの上にアゴをのせたのだ。

ますます意外であった。ラ・タビエンヌだけが彼を魅了するのだ。何回もくり返しうたった。あんまりうたい続けているので、変だと思って戸外に出て来た市蔵も、ムグのようすを見て驚いたようすだった。

「もうちょっとはやくうたってみせろや」

市蔵にいわれて、私はちょっとテンポと調子をあげた。するとムグは興奮して首をあげ、ウーヒューというような声をだしたのだ。何ともいえないおかしな声だ。市蔵と私は、あまりトテツもない声だったので吹きだしてしまった。腹の皮が痛くなるほど笑った。気がついたらムグの姿はなかった。きっと、嘲笑に耐えられず怒りに怒ったにちがいなかった。

それでもこの合唱のあとは、私を同好の仲間と思ったのか、ずっと親しく近づいてくるようになった。

それから山にいる間二、三回ムグと合唱した。もちろんラ・タビエンヌだけであった。私ももうムグのウーヒューに慣れて笑わなくなった。

考えてみると、ムグはそれまで一度も吠えたことはなかった。ないたこともなかったのだ。

翌年の秋、山の帰りにまた市蔵をたずねた。

「ムグは元気かね」

「それがね、チクショウめ、おとな気がついたら、外歩きが激しくなって、初めは一晩二晩のるすだったが、だんだん間が延びて、一カ月ばかり前から姿を見せなくなった。もうあきらめているところだ」

「といって狸の仲間にはいれるわけでもなかろうに」

「そりゃそうだが、やっぱり野性が勝ってるから、人に飼われても満足しねえんだ。どっちつかず野郎だから、変に気がかりになるよ」

モウロクしたアカは猟の役にはたたない。私は鉄砲を背負って、ひとりで近所の山々をうろついた。

ふた山ばかり越えた先の谷間に鹿の通路がある。この敏感なけものを犬なしで追うのはむろん無謀な話なのだが、セコも犬も払底とあっては、万に一つの成功をあてにするよりしかたなかった。夜立ちして、その谷間のどんづまりの岩場にひそんだ。夜の白々あけた、向かいの峰遠く、鹿の一声をきいたような気がした。

内ポケットから鹿笛をだし、岩のはざまに身をひそめてから、そっと口にあてた。一声。間をおいて、また一声吹いてみた。耳をすますと、ただ下方の水の音と風の音ばかりだ。二、三分してまたやってみる。こんなことをして一時間ばかり過ぎたとき、陽のさしてきた向かいの尾根の上に、ぐっと首をあげた鹿の形を見た。ハッと首をすくめて息を殺した。胸がドキドキし、頭に血があがってくるのが自分でもわかった。

用心深い牡鹿は、そこに二、三分もいてから、バッとこっちの斜面に駆け降りてきた。深い笹の中を谷底まで降りてきた。谷底まで降りると、こんどはゆっくりとこっちにくるようすだ。ザワザワと笹の音が近づく。私は銃床を肩に当て、ゆっくり照星を鹿に向けようとした。わずかにでっぱっていた岩角に、そのとき銃身がふれてカタリと音がした。笹のザワめきがピタリとやんだ。しまった、と感じて私は敵の姿を見ようと一気に岩の上に立ちあがった。鹿はバネじかけのようにおどりあがって、向きを変えた。射った。追射ちをかけた。しかし彼は止まらなかった。あっというまにもとの斜面をかけ降りていった。初弾が当たったのか追射ちがきいたのか、ヘボ猟師にはわからなかったが、どこかに当たったらしく、血がところどころにはねている。犬がいたら、もうこの手負いになった獲物はこっちのものだと思ったが、まったく残念だった。

私はそれでも跡を追って、次のだだっ広い谷間に降りていった。その谷間の底の森は、到着してみると水の中の森だった。それは、ずっと下の本流にできたダムのためにせかれて、台風の出水が谷に逆流してできた沼だった。枯木の森の木々は、台風と水にやられて、めちゃくちゃになっていた。水に横たわった倒木の上を渡って、鹿の踏跡を追っているうちに、私は自分の位置を見失ってしまった。

空腹と疲れで腰をおろして初めて私は朝から何も食べていなかったのに気がついた。もう夕暮れだった。

火をたいて、ムスビを食べた。そのとき、背後のヤブで音がした。ふり返ると、たき火のあかりが反射してキラリと光る二個の目玉があった。思わず私は銃を手に取った。すると、すばやく左へ駆けぬけていく動物の気配がしたのだ。

何となくいやな気分になった。火をみつめながら私は、あれこれとりとめのない考えを追っているうちに、フト、あれはムグだったかもしれないという気になってきた。何だかそれはまちがいのないことのように思われた。もしムグならまたくるかもしれない。私はじっと物音に耳を澄ました。それから静かにラ・タビエンヌをうたった。

二度繰り返す必要はなかった。ムグは音をさせずにたき火の向こうに姿を現わした。彼は去年よりも大きくなり、肩幅もガッシリとしていたが、私は、彼の特徴ある姿を見あやまりはしなかった。彼は合唱してはくれなかったが、また私のひざにアゴをのせた。

私は彼をつれて、小屋にもどることができた。夜明けに小屋に到着した。市蔵は私たちふたり（？）を眺めて、ポカンとした。そして、私が難をのがれたのをよろこんでくれたが、ムグがもどったことのほうがもっとうれしかったにちがいない。

「ここにおれば何の不自由もなし……なんだから、落ちついていろや」

市蔵はムグに語りかけている。

〈それはどうだか。ムグはまたじきに山に帰るような気がする〉しかし私は、声に出して市蔵にそうはいわなかった。

イヌのうた

室生犀星

あんまりイヌは人になれてしまって、
もうだらしのないどうぶつになってしまった。
いつも
のらのらと用もないのに
道ばたでおしっこばかりしてあるく、
おしっこがきっと東西南北を
知らせてくれるのでしょう。
けれども
月夜のばんに白いイヌを見るのは
美しいものですね、

月からころがりおちたウサギのようだ。

室生犀星

『一草庵日記』より

種田山頭火

十月二日　曇。

百舌鳥啼きしきり、どうやら晴れさうな、早起したれど頭おもく胸くるしく食慾すすまず、ぼんやりしてゐる、むしろ私としては病症礼讃、物みな我れによからざるなしである。

ちよいとポストまで、途中慣習的にいつもの酒屋で一杯ひつかけたがつい〳〵二杯となり三杯となり、とう〳〵一洵老の奥さんから酒代を借りてまた一杯、急にSさんに逢ひたくて再び一洵老の奥さんから汽車賃を借り出して今治へとんだ。

——電話したらSさんが親切にも仕事を遣り繰つて来てくれた、御馳走になつた、ずゐぶん飲んだ、——F館の料理屋には好感が持てた、——何しろ防空訓練で、みんな忙しくて誰も落ちついてゐないから、またの日を約して十時の汽車でSさんは上り私は下りで別れて帰つた、帰途の暗かつたこと、闇を踏んでほろ〳〵辿るほかなかつた、そしてアル中のみじめさをいやといふほど感じさせられたのである。

――Sさん有りがたう、ほんに有りがたう、小遣を貰つたばかりでなくお土産まで頂戴した。

帰庵したのは二時に近かつた、あれこれかたづけて、そして餅を食つて寝床にはいつたのは四時ごろだつたらう。

その餅！……

この夜どこからともなくついて来た犬、その犬が大きい餅をくはへてをつた、犬からすなほに受けて餅の御馳走になつた。

ワン公よ有りがたう、白いワン公よ。

どこからともなく出て来た猫に供養した、最初のそして最後の功徳！　犬から頂戴するとは！……

餅屋の餅
直径五寸位
色やや黒く
少し欠けて

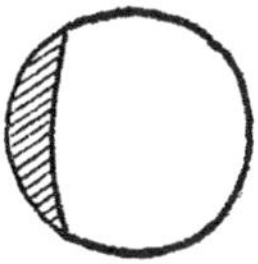

十月六日　晴――曇。

秋祭り。

和尚さんの温言――お祭りのお小遣が足りないやうなら少々持ち合せてゐますから御遠慮なく――とわざ〳〵いつて来られたのである、――あゝ温情、ありがたし、ありがたし、人には甘えないつもりだけれど、いづれまた、すみませんが――とお願ひすることだらう、あゝあゝ。

けさは猫の食べ残しを食べた、先夜の犬のこともあはせて雑文一篇を「広島逓友」にでも書かうと思ふ、――いつかの洵老の逓友にのせられた「どんこの死」を思ひ出す、――そして、そしていくらでも稿料が貰へたらワン公にも、ニヤン子にも奢つてやらう、奢つてやるぞよ、むろん私も飲むよ！

とんぼが、はかなく飛んできて身のまはりを飛びまはる、とべる間はとべ、やがて、とべなくなるだらう。

種田山頭火

ゆっくり犬の冒険　レインコートの巻

クラフト・エヴィング商會

なんですか、この頃は
じつにどうも妙なもの
がはやっておりますな。

まぁ、妙だからこそ、
はやるわけなんですか
なぁ？　いやはや……

しかし、平凡というの
も、じつになかなかい
いものだと思いますぞ。

クラフト・エヴィング商會

わたくしは普通がいいですなぁ。昔ながらのものはいいですぞ。

このごろは犬がレインコートを着たりして。いただけませんなぁ。

犬は、雨ごときなんぞに濡れても、全然へっちゃらなんですぞ。

じつに嘆かわしいですなぁ。ひ弱な犬が増えたということですな。

まぁ、冬なんかだと、ちょっと雨が冷たいこともありますがな。

いや、わたくしはコートなど要りませんぞ。断じて本当ですぞ。

クラフト・エヴィング商會

Ⅴ

いつもの散歩道

鴨居羊子と二代目鼻吉

朝の散歩

石井桃子

私は、生まれてから去年まで、朝の散歩などということをしたことがなかった。女は、とかく貧乏性なうえに、ことに私はそうなので、ちょっとしたひまでもあれば、掃除や洗濯ということになるから、わざわざ散歩などしなくとも、運動不足になるおそれはないと考えていた。

ところが、この春から、東京にいる時には、かならず六時前後から七時ごろまで、近所を歩きまわらざるをえなくなった。犬のお伴という、いわば、よぎない散歩である。

犬のことを好意的に本に書いたら、そういう書き方をするなら、犬はすきであろうと、コリーを一頭、押しつけられた。犬はきらいではないが、そのせわが、いまの私の能力以上なことだとわかっていたから、戦後は遠慮して、飼ったことがなかったのだ。

さて、飼ってみると、やはり、心の負いめはたいへんだった。元来、野山をかけ歩くべき犬を、あまりひろくない囲いのなかに、一日とじこめておくことにたいして、私は平気ではいられない。それに、日一日と、男らしく、低音に、力強くなってゆくそのなき声について、近所の人たちの迷惑を考えないわけにいかない。

子犬は、六時近くなると、わが家の一角の雨戸があくことをすぐにおぼえて、うっかり朝寝をしている時も、その時間になると、「夜があけたぞ、なにを寝坊しているんだ！」とほえたてた。

私は、どんなに前の晩がおそい時でも、とびおきて、そのほえ声をしずめる手段をとらないわけにいかなかった。まず、用意の食事をあたえて、散歩にひきだすのである。

夕方の散歩までの時間を、できるだけおとなしく囲いにおいておくためには、一時間の散歩のあいだに、できるだけ犬のエネルギーを発散させてしまわなければならない。しかし、それでこまるのは、つれて歩く人間が、犬とおなじに疲れていては、いられないということだった。人間は、らくをして、犬だけ運動させようとすると、私のように、自転車にのれない人間は、まことにこまった。

最初に考えたのは、春ごろまで、わが家に同居していた若い女性と私とで、人通りの少ない道ですこしはなれて立ち、交互に犬の名をよび、「走ってこい！」の練習をすることだった。

私たちは、各々ポケットに煮干しを入れておき、子犬が走ってくると、一匹ずつやったから、子犬は喜んで、足をいためるまで走りまくって、この方法はうまくいった。が、そのうち、私は、犬をたべ物で釣って訓練してはいけないということをどこかで聞くか、読むかして、不安を感じはじめたのと、またちょうどそのころ、相手をしてくれた若い人が結婚して、いってしまったのとで、またべつの方法を考えなければならなくなった。

幸い、家から五百メートルほどいくと、草ぼうぼうの原っぱがあった。二、三日は、そこへ犬をつれていって、私も、犬といっしょにかけ歩いてみたが――私が立っていると、犬もただ立っているから――これは、たいへんな仕事だった。犬は、私を同類と心得て、大喜びで全身でぶつかってくる、とびつく、くらいつくというわけである。腕と足が、かすり傷だらけになり、手をあげかけたところへ、天の助けのように、ビルという犬があらわれた。ビルは、草っぱらのすぐ横の家の飼い犬で、ワイヤの雑種だった。大きさは、私の家の犬の半分くらいだが、年は二歳だった。この小柄ではあるが、世智にたけたビルが、思いがけず、わが家の子犬をひきうけてくれたのである。

ビルは、最初の日、私の犬の図体にだまされて、非常に警戒し、くってかかったが、やがて、これが、つつけば、すぐ転んでしまう青二才だとわかると、大の仲よしになって、毎日、相手になってくれた。この二匹が、三十分ほど、草原をくんずほぐれつ、とびまわっているあいだ、私は、文字通り、近くをぶらぶら散歩すればよくなった。

ところが、世の中はたえず動いているもので、このビルも、毎朝、五時半に私の家の犬の囲いへ迎えに来、また、散歩がおわると送ってくるようになったころ、主人と一しょにひっこしていった。

そこで、私はこのごろ、また犬と二人の散歩になったが、最近は、犬も青年期に近づいたせいか、私のわきをおとなしくついてくるようになり、ただ、旧友ビルに教わった拾い食いのくせが、時どき、私をこまらせるだけである。

『雨はコーラがのめない』より

江國香織

いまは深夜で、リッキー・リー・ジョーンズを聴きながらこれを書いている。私は普段、食事どき以外に家であまりお酒をのまないが、このひとの声を聴くときは、口あたりが強くてストレートな味のお酒が欲しくなる。ウイスキーとか、ジンとか。あとは部屋を暗くすると俄然《がぜん》音が冴《さ》えるのだけれど、それでは字が書けない。

リッキー・リー・ジョーンズが、細い声で体ごとぶつかるみたいに「We belong together」とくり返し叫ぶように歌うのを聴くと胸がいっぱいになる。

音楽を聴くためには自分の人生がいる。この人の曲を聴くと、つくづくそう思う。勿論《もちろん》たいていの愉《たの》しみには人生がいるのだけれど、音楽の要求するそれが、いちばん根元的だなと思う。それはつまり、人生経験ではなく人生がいるということ。たとえば赤ん坊は人生経験を持っていないけれど、人生は持っている。たった三歳の雨も、たぶん私よりずっと揺るぎなく人生を持っている。だから雨は大変堂々と、ゆったりと音楽を聴く。好きな格好で、好きなように。

その雨を膝《ひざ》にのせ、私は恐怖について考えている。

さっき散歩にいってきたのだが、遅い時間に雨と散歩をすると、よく思う。街なみというものは、深夜だけ全然違う顔になるものだ、と。街路樹も、道も、中学校も、家々の外観も。自分の家さえ違う表情に見えるので、ときどき笑ってしまう。そして、そうか、私たちはこういう街に、こういう家に住んでいるのか、と、わかる。

それはおもしろい感じだ。センダックの絵本に『まよなかのだいどころ』というのがあるけれど、そういえば子供のころは、家の中も深夜には違うふうに見えたっけ、と、忘れていたことまで思いだす。

結婚したばかりのころ、家の中にいることが嬉しくて、夜は外にでない、という暮らし方をした日々があった。ほんの二、三年だがそうやって暮らしていたときは、夜に一人で外にでるのが怖かった。しかもそれはおばけが怖いとか暴漢が怖いとか痴漢が怖いとかじゃなかった。ただ不安になるのだった。いるべきじゃない場所に自分がいるような気がして、「普段と違う」ことが怖かったのだと思う。

その後、ちょっとしたきっかけがあって夜に出歩ける人間に戻った。戻ってよかったと心から思う。昼にしか見えないものがあるように、夜にしか見えないものもあるから。

不規則な生活をする飼主に飼われている雨は、朝も昼も夜も深夜も散歩が好きだ。子犬のころから、すこしもひるまない。元気に、快活に、胸をはって歩く。私には、それは健やかなことに思える。

私たちの散歩コースはいくつもあるが、その一つの中に、私と夫がかつて暮らしていたマンションがある。小さな、四角い、温かな感じのうす茶色のその建物の前を通るとき、夜の外出ができなかったころの私自身をちょっとだけ思いだす。

「昔ね、ここに住んでいたのよ」

歩きながら雨に言う。

「雨が生れる前にね」

そのころの私を、雨は知らない。

雨の、ものの恐《こわ》がり方が好きだ。たとえば、雨も私も虫が恐いのだけれど、その虫が死んでいれば雨はもう全然恐がらない。

この夏は虫にたくさん遭遇した。ある夜は異常で、住宅地を三十分歩くあいだに四匹のゴキブリを見た。四匹とも生きていたので、雨も私もおののいた。曲者《くせもの》なのは道に落ちているセミで、一見死んでいるように見えるので、雨は突進してしまう。調べたいらしい。セミがおどろいて（かどうかわからないけれど）羽根を広げてジジジジと騒ぐと、雨はもう一メートルくらいとびすさって動けなくなる。飴玉《あめだま》をのみこんだみたいな顔でセミを見つめ、紐《ひも》をひっぱっても足を踏んばって動かない。それからきゅうきゅう鳴いて、恐かった、と表明する。

でもそのセミが死んでいれば、雨は平気でにおいをかいだり鼻でつついたりして調べ、しまいに「食べられそうもない」と判断して興味を失う。何本もある脚とか、体の色つやとか羽根の質感とかのグロテスクさに、恐怖は感じないらしい。

虫は恐いが死んでいればもう恐くない、というのは、動物として何て正しい恐怖の持ち方だろう。私は雨に敬服する。そして、自分の持っているやみくもな恐怖、あるいは反射的な恐怖、非理性的な恐怖を不甲斐《ふがい》なく思う。

「全《すべ》てのものを自分の目でしっかり見て、必要ならにおいをかいだりつっついたりもしてみて、判断してから恐がるひとに、私もなるよ」

雨に、そう言ってみる。

恐怖はたぶん、一人一人がみんな個別に、いつも、そしてずっと、戦わなきゃならない何かなんだろうなあ。

戦っているみたいな歌いっぷりのリッキー・リー・ジョーンズは、雨も聴いていて気持ちがいいらしい。

とにかく散歩いたしましょう

小川洋子

最近、ラブがよく鳴くようになった。

昔は、三軒先の家にお客さんが来てもワンワンとうるさく吠《ほ》え、躾《しつけ》をするのに苦労したのだが、当時の鳴き方と今とではまるで種類が違っている。若い頃は、「ここは私の縄張りです。早く出てお行きなさい」と警告する、威厳のある声だった。しかし、間もなく十四歳を迎える老犬ラブに、そんな元気はない。何かを哀願するように、切なさに耐えるように、かすれた声を響かせる。

一人ぼっちにされると途端に鳴き出す。ご飯や散歩を要求しているわけではない。そばに行って体を撫でてやれば、落ち着きを取り戻し、「やれやれ。これで安心安心」という様子でうとうとしはじめる。それを確認し、二階の仕事部屋へ戻ろうと立ち上がりかけた瞬間、前肢をぴょこんと私の膝に載せ、「お願いです。どうかどこにも行かないで下さい」という目でこちらを見つめる。

老犬介護の本によれば、高く単調な声で鳴くのは老いの症状の一つらしい。やはり犬も自分の衰えに戸惑い、不安に陥るようだ。解決策は飼い主が優しくいたわってやる以外にない、と書いてある。

ところが、朝早く、まだ外が薄暗い時分に鳴き出すのには参ってしまった。眠くてたまらないうえに、あの切ない声を聞くと、夜明けの縁から闇の底へ引きずりこまれるような気分になるのだ。

獣医さんから心を落ち着かせるサプリメントを処方してもらったり、昼間、できるだけ日光を浴びさせようと無理矢理日なたに連れ出したり、退屈しのぎに嚙んでも割れないおやつを与えてみたり、あれこれ試しているうち疲労が蓄積してきた。いつラブが鳴くかとひやひやして自分の方が眠れなくなってきた。

「いつ、ラブは死ぬんだろう」

気がつくと、ふとそんな独り言をつぶやいていた。

私はかつて一度も犬の臨終に立ち会ったことがない。生物は皆一様に死ぬのだから、自分の犬だけが特別な死に方をするわけもなく、自然の摂理に任せるしかないのだけれど、最期の様子を想像できないことが不安で仕方ない。当日の朝まで散歩をしたのに、仕事から帰ってみたら息をしていなかった、「クウン」と一声鳴いて腕の中で逝《い》った、赤ちゃんの頃躾をしたとおりのきれいな伏せをして死んだ……。犬仲間の先輩たちに尋ねると、いろいろな答えが返ってきた。

なぜ私はラブが死ぬことばかり考えるのだろうか。ラブが死ねば夜鳴きから解放されるからか？　つまり自分は……。

ここまで考えて私は激しく首を横に振った。「いいや、違う」と何度も自分に言い聞かせた。犬を可愛がって、愛して、慈しんで、一日でも長く一緒にいられるよう、ただそれだけを心の底から願うことができればいいのに、残念ながら人生はそう単純にできていない。トーベ・ヤンソンが生み出した哲学者スナフキンも、『たのしいムーミン一家』（山室静訳）の中で、

「生きるってことは、平和なものじゃないんですよ」

と言っている。

さて、夜鳴き防止に一番効果があったのは、寝る前にもう一度散歩をすることだった。結局、朝四十分、夕方三十分、夜二十分、一日に三回の散歩となった。

夜の十時過ぎ、住宅街を一緒に歩き、公園の植え込みをクンクンする。家々に明かりは灯っているものの、誰ともすれ違わない。月だけが私たちを見守っている。

考えてみれば、以前にも夜中に散歩をしたことが何度かあった。それはたいてい非常事態が

起こった時だった。主人が胆石の発作で病院に運び込まれた時、ソフトボールの試合で息子が怪我《けが》をした時、父が危篤になった時、そしてお葬式を出した時。

疲れきって家に帰ると、ラブがお利口に待っていた。ご飯ももらえず、散歩にも行けないまずっと放り出されていたのに、文句も言わず、待ちくたびれた様子も見せず、それどころか「何かあったんですか。大丈夫ですか」という目で私を見上げ、尻尾を振ってくれた。散歩に出ると、普段と違う暗闇に怖れることもなく、いつも以上に元気に歩いた。その時々の不安を私が打ち明けると、じっと耳を傾け、「ひとまず心配事は脇に置いて、とにかく散歩いたしましょう。散歩が一番です」とでも言うかのように、魅力的な匂いの隠れた次の茂みを目指してグイとリードを引っ張った。

「ラブ、鳴いてもいいんだよ」

もう既に颯爽《さつそう》と歩くことができず、後ろ足をよろよろ引きずっているラブに向かって私は言った。

「撫でることで少しでもお返しできるのなら、いくらでも撫でてあげるよ」

耳の遠くなったラブは、私の声に気づきもしないまま、ただ月を見上げるばかりだった。

犬にも劣る……

安岡章太郎

門口で飼犬で尾を振って待ってゐる。さういふ時、私は不意に「貴様は実に善い奴だ」と痛切に思ふ。そして犬にも劣るなどといふ比喩は実に飛んでもない比喩だと思ふ。
（志賀直哉『菰野』）

志賀直哉氏は犬が好きで、その作品にはしばしば犬が登場する。しかし、犬の嫌いな人はこういうものを読んでも腹が立つらしく、《そして犬にも劣るなどといふ比喩は実に飛んでもない比喩だと思ふ》という一節をとらえて、これは志賀氏の人間蔑視の思想をあらわしたものだ、などと憤慨する人もいる。

私自身は、犬と人間の優劣を比較したことはないが、人間が犬より劣っている場合があっても、べつに不思議はないようにおもう。だから「お前なんかより犬の方がよっぽど立派だ」といわれても、別段、腹は立たないのである。もっとも、そういうのは大体、犬を讃《ほ》めるときの常套句のようなものであって、もし誰かが自分の犬を自慢して、「お前よりこの犬の方が上等だ」などといったとすれば、これは腹が立つだろう。要するに、犬は飼い主にとって一種の分身であって、自分の犬と人間とを比較するのは、手っ取り早くいえば、自分を他人とくらべているようなものではないか。

実際、犬をつれて歩いていると、犬が自分の分身だというだけでなく、自分自身すくなからず犬的な存在になっていることがわかる。犬が立ちどまって小便をしたり、そのへんのにおいを嗅いだりするのを待っていると、自分も何か犬と一緒になって、よその犬の通った跡を探しまわっているような心持にひとりでになっている。困るのは、そういうとき他の犬がやってきて、喧嘩をはじめることだ。

コンタも六、七歳までの頃は大抵の犬と喧嘩をしても負ける気づかいはなく、相手が小型の犬だと前肢でポンと蹴飛ばしただけで、向うの犬は地べたに叩きつけられ、ほうほうのていで逃げ出して行くので、簡単にカタがついた。中型犬以上の大きさのものでも、コンタと取っ組み合いをして対等に戦える犬は、まずないといってよかった。ただ、喧嘩をしたあと、自分の犬が興奮して目を血走らせ、歯から血を出したりしているのは、見ていてあまり好《よ》い気持がしないというぐらいのことだった。ところが、十歳を過ぎて、とくにこの二、三年来、コンタの体力は急におとろえてきた。あれは一昨年であったか、Wというプロダクションの宿舎のまえで、いつもうろうろしている半分野良犬のような犬と喧嘩をしたとき、相手は栄養不良で体力もなかったから、たちまち敗けて悲鳴を上げながら逃げて行った。しかし、相手がいなくなると、コンタは立ちどまったまま、なぜかションボリした顔つきで大きく息をはずませていたかと思うと、急にバタリと道の真ん中に倒れてしまった。ちょうど小刻みなボディー・ブロウを何度もうけた拳闘の選手が、目立たぬ疲労がたまりにたまって、不意にリングの中央で引っくりかえってしまうような、そんな感じであった。

コンタは、ほんのしばらく――おそらく三十秒間ぐらい――寝そべっていただけで、またクルリと起きなおると、案外元気に家まで歩いて来たが、私の方がかえって気が滅入ってしまった。相手がもっと堂々とした犬ならば、敗けても恰好がつくのであるが、いかにも心身ともに弱り果てているような赤毛の犬と取っ組んで、自分から息を切らせて引っくりかえったというのは、何とも情ない。通りがかりに立ち止って見ていた学生たちに、私は、「なにしろ、こいつは老犬なんでね、人間でいえば、七十か、八十に手の届きそうなとしなんだ」と、よっぽど弁解してやりたい気もしたが、そのままに帰ってきた。

そんなことがあって以来、私はコンタをつれて散歩の途中、どんなよぼよぼの犬であろうと、綱をつけていない犬の姿が、遠くの方にちょっとでも見えると、用心して脇道にそれるようにしていた。しかし、いくら用心しても、用心し切れないときがある。先日も、田園調布の裏手の坂を上り切ったところで、真っ黒な中型犬が、不意にあらわれて、あっという間にコンタと格闘しはじめた。向うは綱がついていないし、こちらはついている。それだけでも不利である。さいわい、直ぐに黒い犬の飼い主がオートバイでやってきて、どうやら犬を引き分けた。その男は、

「こいつ!」といいながら、犬の尻のあたりを叩いてみせたあと、「すみません」といったが、私はうなずいただけで、返辞もせずにコンタを引っ立てて先の方へ歩いた。十メートルばかり行って、コンタが電信柱のにおいを嗅ぎはじめたので待っていると、いきなり後ろから、さっきの男が、

「あんた、おれのバイクを何で素っ倒して行った」というのである。

「何だって……」私は急に腹が立った。相手の口のきき方も乱暴だが、それ以上にその男のオートバイを倒すなど、私はまったく身に覚えもないことだからだ。だいたい犬に綱もつけずにやってきて、ひとの犬と喧嘩をさせたうえ、インネンまでつけようとは、了見違いも甚しい。顔を見ると、丸ぽちゃで、口と頤《あご》のまわりに疎らなヒゲが生えているが、幼児がそのまま大人になった感じである。こんな男と話をしたってはじまらない、親の顔が見たい、そう思って私は言った。

「君の家は何処だ、お父さんか、お母さんに会って話したい」

「いやだ」と男は言った。「あんたに大体、そんなケンリがあるのか、僕だって成年だ、親に出て貰う必要はない」

「ケンリ？　おれはお前の親の顔が見たいと言ってるだけだ、お前の親父かおふくろに会うのに、何のケンリが必要なんだ」

私は完全に頭に血がのぼった。それから二十分近くも、その大人こどものような男と、愚にもつかぬ口論をえんえんと続けたのである。怒りのあまり胃が焼けたようになり、口の中がカラカラになった。ふと見ると、犬の方はもう仲が良くなったのか、じゃれ合っている。私は、それにも腹が立った。

「コンタ、こんな薄汚い雑種の犬なんかに近づくのはよせ」

言ったあとで私は「しまった」と思った。たとえ犬であろうと、血統のことなど言い出したのはマズかった。そう想いながら、しばらく黙ってその黒い犬の顔を見ていると、奇妙なことに、だんだん可愛らしくなってきた。黒い犬は、自分の悪口をいわれているにも拘らず、丸い眼をパッチリあけて、うれしそうに私の顔を見上げているのだ。私は、相手の男にはまだ腹が立って堪らなかったが、こういう犬のために争っている自分自身のことを考えると、何とも情ない気分になってきた。そして志賀氏の《犬にも劣るなどといふ比喩は飛んでもない比喩だ》というのを想い出しながら、

「気をつけろ」

と、ありったけの声でどなりつけると、コンタの綱をぐいぐい引いて歩き出した。

「野性」と付き合う

梨木香歩

　ミントは生命力の旺盛な草だ。ひとたび苗を植えたが最後、旺盛にはびこり、他の植物の領分まで平気でずかずかと入ってくるので、困りものでもある。庭の中では向かうところ敵なしの繁殖力を誇るミントであるが、これが庭から外へ出て、空き地を一面席巻したなどということはあまり聞かない。庭の中でこそほとんど雑草に近い繁殖力だが、いざ本物の雑草たちと切磋琢磨していく段になると、そこはやはり温室育ちならぬ庭育ちのお人よしが現れるのだろうか。

　ある夏雨の降らない日が続いて、しかも私は長いこと旅行に出ており、庭の水やりが全くできない時期があった。はらはらしながら帰ってくると、案の定、皆瀕死の状態で、取り返しがつかないことになっているものもあった。そんな中、ミントだけは「なんのこれしき」というように、雄々しく立っていた。

それに救われるような思いがしたので、それからはつい、彼らが好き勝手にランナーを伸ばしてゆくのを大目に見て、増えるがままにしておいたら、まったくミントだけ、というボーダーまで出現した。広い庭でもなかったのだが、ずいぶんミント持ちになった気がして、生のミントティーにもたっぷり使い、ミントを一枝入れたミント水を常備したり、お風呂にも入れたりして贅沢に使った後、そのシソ科の薄紫の花が咲き切る前に刈り取り、ざっと水で洗い、新聞紙の上に、一枚一枚葉を摘みとって並べた。保存用のドライのティーリーフにするためだ。残った茎も、ハサミでざくざく切って干す。みずみずしくぷわんと張っていた葉っぱの一枚一枚が、だんだん嵩が小さくなり、しわしわとなり、少しの空気の動きにも身じろぎするようになる。数日そうやって乾かして、からからになったら缶や紙袋に分けて入れる。とてもおいしいハーブティーになるので、来客に紙袋ごと上げてもいいプレゼントになる。

別の乾かし方として、葉のついたまま何本かまとめて束にして、逆さに天井から吊り下げ、ドライフラワーみたいにしておいたこともあったけれど、そうするとついいつまでもそうしておきたくなり、いつのまにかホコリがつもり、またお茶にするとき乾いたまま茎から葉を摘んだりすると、細かに砕かれて結局始末がめんどうになるのだ。その点、吊り下げずに新聞紙を広げて床におく方法は、スペースを取るのでいつまでもそうしておくことができない。乾いたら否が応でも早々に片付けたい気分になるので、私にはちょうどいいのだ。

ハーブでも何でもそうだけれど、ものとの付き合いは、自分と世界との折り合いの付け方の一つの象徴的な顕れでもあるように思う。読書であれば、読みかけた本に栞を置く人、端をちょっと曲げる人、そのとき来た葉書を挟む人、線引き用の鉛筆を挟む人、ただ読んだときのページのまま、ひっくり返しておく人、等々。洗車だってそうだ。いつも自分できれいに磨き上げる人、ガソリンスタンドに頼む人、窓ガラスだけはピカピカにする人、車内の掃除だけする人、等々。ちなみに私は車を洗ったことなどほとんどない。車内だけは必要に迫られてやることもあるけれど。汚れたなあ、と思うこともあるが、その思いは早く雨が降ればいいのに、という方向に流れてゆく。それは人の気質によってまちまちだろう。目的に沿ったやり方というものはあっても、正解なんてものはない。その人らしさがあるだけだ。

以前、関西の住宅街を、飼い犬を連れて散歩していたとき、突然後ろからリードなしのボルゾイが二頭、私の犬を襲ってきたことがあった。ボルゾイというのは、二次元の生物のように(コリーを寝押しして面積だけにした感じの、メガホンみたいな頭の犬である)平べったい印象の大型犬である。もともとはロシアでオオカミの狩猟犬として改良された歴史を持ち、優雅で貴族的な外観ではあるが、結構獰猛な犬なのである。私の犬はゴールデン・レトリバーとはいえ小柄、体高ではボルゾイの半分ほどではないだろうか。

実はこの襲ってきたボルゾイとは旧知である。以前散歩中にすれ違ったことがあって、そのときも突然異様なまでにうちの犬に吠えかかり、飛びかかろうとするのを、飼い主の男性が必死で抑えていたのだ。尋常でない執着を見せていた。たぶん、このときも遠目で私と犬が通るのを見て理性が飛んでしまい、飼い主を振り切りやってきたのだろう。

あっというまの出来事で、卑怯にも背中から私の犬にかみつき、私は事態を把握するのに間をとって思わず悲鳴をあげてしまったが、犬の方はすぐに自分に降りかかった災難を理解し、身をひるがえして戦闘態勢に入った。こんな殺戮マシンと化したような犬に私の犬を襲わせるわけにはいかない。ボルゾイは、さっきも背中から耳の下、首筋辺りをめがけていたし、今度も確実にそこを狙ってくるだろう。じゃれあいで組み付いてくるのとは明らかに違った。すっかり狩りの本能に支配されているのだ。私は唸りを上げる両者の脇から、ボルゾイに向かい持っていたバッグで殴りつけた。犬散歩用のバッグなので威力はないけれど、それしか他に武器になりそうなものはない。動物相手は気迫が勝負だ。とは言え人様の飼い犬に対して、自分でもずいぶん野蛮、だと思う。いわゆる女の子（子、はもう、いらないかも知れないけれど）はこういうとき泣くとか震えるとか逃げるとかするものと相場が決まっているが、私は昔からそんなモードに入ったためしがなかった。かわいげというものがなかった。そういう昔のアメリカ映画の女性役のような「女らしさ」は、私の行動の選択肢には（たぶん生まれたときから）なかった。けれどどう考えても、それが非常時であればあるほど、そんなこと（泣いたり、気絶したり）をしている場合ではないではないか。そのとき要求される一番妥当な行動を取らなければ。興奮している犬相手に「何もしていない相手を襲うことはマナーに反するよ」と諭すわけにもいかない。私がそのとき、本能的に取った「一番妥当な行動」というのは、「いっしょに闘う」ということだったのだ。

ボルゾイは一瞬ひるみ、私に庇われた飼い犬はすかさず私の脇から一歩前に出て激しく吠えたてた。自分のほうに注意をそらそうとしているのだ（たぶん、自分に売られたケンカだ、という気だったのかも知れない）。そのとき、もう一頭のボルゾイが斜め後ろから様子を見計らいながら飛びかかろうとしているのに気付いた。私の犬に飛びかかってきたら、その瞬間をめがけて横からバッグで頭を叩き、体勢を崩したすきに思いきり蹴り上げてやろうと（空手の道場の見学に半年ほど通っていたことがある）身構える。なんとかそうやって時間をかせいでいるうちに、誰か通りかかるだろう、と頭の隅で考える。二頭でなんて卑怯だ。けれど、昔、映画『戦争と平和』で、ボルゾイの群れがオオカミを追って広大な草原を走っていくのを見たことがあるから、卑怯、というより、これが彼らの狩りの流儀なのだろう。それにまあ、こっちだって「二頭」には違いない。

そこへ慌てた飼い主がリードを持って後ろから小走りでやってきた。そしてこちらに一言の詫びもなく、犬の名を呼び、今来た方向へ走って帰った。犬たちもそのあとを追って去って行ったので、結局大事には至らなかった。あの飼い主がこちらに何の一言もなかった、というのは、事態に気が動転して、とにかくすぐにも犬を現場から遠ざけようと走って見せた（犬は飼い主が走ると反射的にあとを追うものであるから）、ということだったのかも知れないし、華奢なボルゾイがこんな野蛮な女に（私のことだ）乱暴されて骨でも折られたら大変、という思いもあっただろう。が、とにかく失礼千万ではないか、一言ぐらい詫びたらどうだ、と私たち二人、上昇したアドレナリンのざわめきに未だ支配されながらも、なんだか力の限り闘った後の戦友のような気分で、ふらふらと帰途に就いた。歩く途中、めったにないことだが私の犬はリードを持つ私の手をそっと嘗めた。

よく闘った、私たち。

あの獰猛なオオカミハンター犬を相手に。

人間なら、肩に手を回す感じだったろう、飼い犬は何度か私の足にそっとすり寄った。意気揚々と、というのでは決してなかった。私の方も、自分の内面を突如襲った猛々しさに泣きたいような感じを抱いていた。一皮むけばこんなもの。生きものって哀しいねえ、という諦めのような切なさのようなものが私たち二人の間に漂っていた。だが所詮「生きもの」なんだから、それは正しい野蛮なのだと開き直る気分もある。
この事件以降、私は飼い犬の信頼を（以前にも増して）勝ち取り、飼い犬は私の戦友としての地位を不動のものにしたのだった（そういうわけで、私たち二人にとって、朝夕の散歩ですれ違うさまざまな犬種のたいていと仲良くあいさつを交わしても、ボルゾイだけはさりげなく無視して通り過ぎたい犬なのである）。

闘い方の流儀、皿や車の洗い方の流儀、読書の流儀、等々いろいろあるけれど、それはこの世の中における、自分という存在の現象そのもののことだ。それは自然現象と似ているだけに、野性の洗練のさせ方そのもの、とも言えるだろう。

熊井明子さんの『香りの百花譜』という、香る草々を集めたエッセイの、ミントの項に、小説『鷲の唄』（椋鳩十著）の紹介がある。これを読むまで、私はこの小説を知らなかった。薄荷草、とあるのは日本に自生するミントのことである。
「日本のジプシーと言われる山窩をテーマにした小説集『鷲の唄』（椋鳩十）には、野性の薄荷がよく出てくる。山から山へと移り住む血気盛んな自由の民、とりわけ生き生きとして強い女達がチューインガムのように噛んでいるのが薄荷草なのだ。

彼女達は、薄荷草を噛み、かぐわしい息で男たちを誘惑する。そして飽きると決然と去る。ときには腕力で引きとめようとする男に屈したかに見えても決して負けない。十三歳の少女から七十近い老女に至るまで、彼女達が一番好きなのは『自分』なのだ。昭和初期の日本の女とは信じられない自我の強さ。そんな彼女達に、きっぱりとした薄荷の香りはよく似合う。―略―しばしば闘いの血が流され、生と死が隣り合っている小説集なのに、『鷲の唄』がすっきりした読後感をもたらすのは、これらの薄荷草のせいではないだろうか。」

――熊井明子『新編 香りの百花譜』（千早書房）

私の「野性」なんて、まだまだである。ミントを噛んでいたら、いつか、ボルゾイの「野性」も好きになれる日が来るかしら。

梨木香歩

チャンプのこと

池内紀

名前はチャンプ。チャンピオンを略したものだ。私はさらに略して「チャン」と呼んだ。綴りでいえばchamp、フランス語のように、おしりに無声音のpがつく。半分秋田犬のオス。

散歩は午後三時ときめていた。だから二時をすぎると微妙な駆け引きがはじまった。二時二十分ごろ、やおら小屋から出てきて、これ見よがしに伸びをしたり、身ぶるいをする。私はむろん、無視していた。

二時半、最初のひと吠え。

主人は一喝をくらわす。

「コラ、チャン、いま何時だと思っている。まだ二時だぞ!」

相手の無知につけこんで三十分ごまかした。チャンプは首をかしげながら、すごすごと小屋にもどる。納得できない顔つきだが、自分の体内時計にてらして早まったことがわかるらしい。

二時五十分、勢いよくとび出してくる。目が輝いている。鼻を鳴らし、前脚で土を搔いたりする。すでに全身が散歩の体勢だ。

だが人間は気まぐれであって、外出がおっくうなこともあれば、昼寝をしていたいときもある。それでまた一喝をくらわす。

「チャン、何のつもりだ、まだ二時半だぞ！」

こんどは二十分ごまかした。ごまかしが重なると弱いもので、一喝にも迫力がない。いっぽう、相手は自信に満ち、声に威厳と確信がある。やむなくレトリックで対抗する。

「コラ、まだ三時前だぞ！」

正直な生き物はレトリックといった人工の産物を解さないから、なおも正当な要求をする。虫の居所の悪いときなど水をぶっかけた。威厳と確信に対して暴力に訴えたわけだ。暴力は振うほうが弱虫であり、かつ醜悪である。われながら悲しく、そんなときは散歩コースを二倍にした。

歩いて五分ばかりのところにルーテル学院大学というのがある。隣合って東京神学大学、さらにＩＣＵこと国際基督教大学。わがチャンプはおしりにフランス語の無声音をくっつけているだけでなく、きわめて学術的な犬だった。毎日、三つの大学を巡り歩いた。

それぞれ校門に「部外者は立ち入りを禁じる」の立札がある。さいわい私はかつて教師をしていたので、その種の立札の意味合いを承知している。つまり、ただ立ててあるだけである。また場慣れしていて、大学だからといっておじけない。チャンプはむろん、立札にも大学にも頓着しない。悠々と入っていく。

ルーテルで二度小便をした。東京神学でまた二度、「大」のほうはＩＣＵときめていた。どうしてかはわからない。要するに、いつしかそういう生理になっていたのだろう。大学巡りが十数年つづいたからだ。

ＩＣＵは広大なキャンパスをそなえており、一部は森のようにうっそうとしている。私たちはそこに秘密の場所をもっていた。カシワ、クスノキ、クリ、ブナ。さらに大人の背にあまるカヤを分けていくと、小さな草地がひらけていた。以前は何かの用途に使われたのだろうが、放置されて久しい。カヤを折りそろえると即席のゴザになった。寝ころぶと、空がまァるく開いている。いつも木の枝をならして風が吹き抜けていた。しかし、下はポカポカあたたかいのだ。耳をすますと風音にまじってブラスバンドの音が聞こえてきた。

チャンプにはいささか迷惑だったかもしれない。すぐに退屈した。まわりを嗅ぎまわり、小便をひっかけ、仰向けになって背中をこすりつけたりしていても、そのうち倦きる。

「そろそろ、どうかネ」

そんな顔でペタリと鼻づらをくっつけてくる。その鼻の穴に草のクキをつっこんだりした。

「どうだ、どうだ」

胸元や腹をくすぐりまわした。男同士だと、ちとヤヤコシイ事態になりかねないが、男とオスだと何でもない。それでも多少はここちいいらしく、相方は目を細めたりしている。あるとき、うとうとしていたら、やにわに胸の上にのられ、熱い息を吐きかけられた。

秘密の場所は実のところ、やむをえず退却したところなのだ。それまでは、もっと広いところを自由に走りまわっていた。さすが半分は秋田犬で、チャンプはさっそうと走り、飛ぶようにして駆けた。跳躍すると無重力のように宙に浮いた。

あるころから雲行きがあやしくなった。どの大学も本部の建物が建て増しされ、いろんな禁止の標識が並ぶようになった。制服姿が見廻りにくる。管理社会といわれ、セチがらい世の中になったことを言いきかせた。それは相棒の散歩コースにも影を投げかけてきた。ルーテルで一度、お目玉をくらった。東京神学のひとけのない芝生からも追い立てられた。

「おい、チャン、森に行くか」

楽園を見つけたのは、チャンプの死の二年前だった。二〇〇〇年五月、死去。十四年と三ヵ月、彼が地上に生を受けた歳月である。庭の隅に大きな穴を掘って葬った。いっしょのしるしに、冷い鼻先にわが使い古しの万年筆をくっつけた。チャンプを失って、私はこの人生、もうそろそろいいかなと考えている。

海の散歩道

鴨居羊子

カーテンの隙間から朝陽がこぼれてベッドにさしこむと、私は片眼をあけて、思い切りノビをする。間髪をいれず、ベッドの下のでっかい犬がむくっと起きて同じようにノビとアクビをし、朝の挨拶をし、次第に脅迫的態度になる。つまり散歩へ行きたいために、さっさと起きろというわけだ。私がふとんの暖かみにもう一度しがみつこうものなら、その長い鼻で、ふとんはめくられ、ガバリとベッドへとび上って無茶苦茶にあばれだす。

この動作は一代目も二代目も同じで、どちらも散歩を最高の喜びとしている。

少し違うのは、先代はふとんにとびのって起きろ起きろと言っているうち、自分の方がグーグーとねてしまって、こちらが起きようにも、その重みで身動きがとれぬ場合がよくあった。もしごはんと散歩と同時にやった場合、先代は迷ったあげく、やはりごはんをえらび、かきこむように中腰で食べた。

私が忙しいとき、ときどき近所の中学生に散歩をたのんでいた時期があった。私がまだ家にいる時間、坊やが「鼻吉行こうよ」と誘いにくると、何を思ったか、鼻吉はつと唐紙の後へかくれていないふりをする。失礼ではないかとおこったが、どうしてもゆかない。少し鼻先を出して坊やを一寸見てまたかくれる。つまり、この先代犬は私がいれば他人と外へゆかないのだった。坊やはすごすごと帰った。

友達が二人遊びにきて、その友達が今日は私達がごちそうをつくると言って市場へ材料を買いに出た。客好きの犬も一しょに飛びだした。私は家にいた。犬はあわてて戻って私を呼びにきた。「行きなさい、行きなさい」と言うとすぐあとを追っかけ、また戻り、とうとう友達が帰ってくるまで、行きつもどりつをくり返していた。頭が混乱しているのがよく判った。

お客がくると、いそいそするのは一世も二世もよく似ている。先代は女の子なので、うれしさのあまりすぐオシッコをもらし、スキップしながら部屋を横切っているうち、辛抱たまらず、ジャアーとオシッコをする。

かたいクルミをお客に出そうとしてクルミわりがないと、鼻吉のするどい歯でガリッと割ってもらい、すぐ口をこじあけて、中のクルミをとり、また新しいクルミを口の中へ入れて……そしてとりだしたクルミの実を私は客人へもってゆくこともあった。いまの鼻吉はそうはゆかない。クルミをくわえていって庭で食べてまたとりにくる。

先代が年をとった頃は、私がお客と浮かれて笑い声のまま、台所へお茶をとりにくると、暗い隅で私をにらんでツンとしていることがよくあった。「いつまでベラベラしゃべって遊んでるんですか！　あなた！」といわんばかりのシット深い奥さんみたいな態度をとるのだった。ほんとにシット深い犬だった。散歩中に他の犬をよしよしと撫でたばかりに、帰るまで、しつこく、撫でただろ、撫でただろとくりかえし、とびついてかみついた。ゆきずりの犬によしよしとさえいえば怒るくせがついて、鼻吉自身のシッポをよしよしと撫でても、スリッパを撫でてもシットをした。

二代目鼻吉と相変らず、つづけて私は散歩へ出る。私はねぼけたまま、ズックをつっかけ、海へでかける。私の家から海は十分とかからない。

朝陽がキラキラと輝いていると私はバカみたいにいつもうれしく、その日はいいことがあるように期待するが、反対に曇っておればわるい日になってしまう。それは私自身もそうだが、犬のためにも陽ざしを喜び、雨を悲しんだ。

体じゅうを光の中にくるませ、茫然とさせ、体をぐにゃぐにゃにさせ、ゆっくり右足と左足を交互に出す。

草っぱらを命そのもののように駈けてゆく犬をみながら、私にはいつも二匹の鼻吉がだぶり、悲しみと喜びのウラハラの思いで、風になびく犬の金髪を眺めやる。

前の鼻吉はすごいスピードでこの堤防にのぼっては、勢いあまって向う側におっこちてアゴをすりむいていた。歩いていても、うっかり大きなドブへ体ごとはまったこともあった。カモメを追っかけて上を向いたまま走ったため、つい苦手の海へとびこんで、アッ！　などとおどろいてたなあ。

いまの鼻吉は、その点、跳躍と水泳の名手である。道路工事中の柵が道の真中においてあると、道の両側は空いているにもかかわらずまるで自分のための道具とばかり、カッコよくジャンプで飛びこえる。

沖にまるいブイが浮いているのをめがけて得意の水泳をやる。カモメが数十羽もよってきて、餌とまちがえて円を描き、低空旋回をする。犬は鼻を上へ向けてカモメを見上げながら泳ぎ、ブイにゆきつくと、それをくわえようとかみつく。よしというまで毎度かみついている。

ある日「よし」と言っても何べんもブイのまわりをぐるぐるまわっていて帰ってこない。遊んでいるのかと思ったら、そうではなかった。ブイの下につながっているロープが足にからんだのだ。野獣がワナにかかったときのように、耳を伏せ、鼻からひゅんひゅんという泣き声がもれている。みるみる溺れ死ぬような予感がして、私はあわてて、左右をみまわしてから、スカートをぬいで、水の中へ入っていった。「すぐ助けるから待ってるんだよ」と、泳ぎだそうとしたとき、あがいた足からロープがはずれ、鼻吉は懸命に泳いできた。長い鼻から吐く息の音が大きく聞こえる。私の横を通りすぎ一人で泳いでゆく。胴をかかえてやった。びっしょりぬれた二人は、砂浜へつくと「よかったねえ」と抱き合った。

犬は一人で自力で立派に危機を脱したのに、私を恩人のように見上げた。帰るまでの途中で何度も私の顔を見上げ、二人は同時にニーッと笑い合った。よかったねえ――と言い合った。

このようなときの犬の動作は、本当に多弁であり、少年のように行動的であり、私とはいい仲間だった。

（中略）

溺れなかった鼻吉と私は、仲よく手をつないで帰った。あの頃の少年鼻吉は、ワンパクでガムシャラだけど、人間の少年と同じようにすっきりして真直ぐ素直ないい子だった。しかし一代目と違って荒っぽくて、すぐ世間のルールからはみ出してしまうので、憎まれ者でもあった。猫に興味を示すと同様に他の犬をみつけるや欣喜雀躍《きんきじやくやく》としてすっとんでゆくので、本人の内容はやさしさに充ちていても、外見はおそろしい茶毛狼の如しで、相手の犬及び人間は驚き、私は何度もおこられ役、あやまり役をせねばならなかった。

さりとてクサリでつないで歩くのは嫌だ。せめて海岸べりでは自由に放してやる。一言で命令を聞くように、訓練士に来てもらったが、この犬は訓練士の横ではまるで軍用犬セパードのように見事に歩くが、他の人の命令はあまりきかない。区別するのだ。カバンをくわえさせて市場へ行ったが、子供が感心して見ている肝心なときにカバンをホウリだすので、中で卵が割れたりする。

オモチャのアヒルをタライに浮かべて遊んでいた子供をおしのけて、とうとうアヒルをとってしまい子供を泣かしてしまったこともある。

ある朝、野犬が四、五匹いた中へ猛スピードでつっこんで行ったと思うと、そのまま一集団となって堤防の彼方へ消えて行った。「立入禁止」と書いてあるのに平気で無視して入っていってしまった。

それは正月休みのうららかな朝で、誰もが家の中で、おとそやお雑煮を食べてゆったりしているときで、私だけが、悲痛な声で犬の名を呼びながら、町内をかけずり廻っていた。三筋向うの角を犬の一団が走ってゆく。一匹だけズクンとでかいのが鼻吉で、いかにも場違いで、体の大きい落第生のようだ。野良犬たちは自然に調和して大きくも小さくもなく、防衛集団のかたまりとなって黙々と走る。

私は大声で「鼻吉のバカ!」とどなった。犬はチラと主人を横眼で見て、素知らぬ顔で走っていった。

狼に似たこの種の犬は、背中の波のようなうねりが、走るときの特徴だ。野性にもどってゆく喜びの躍動があった。彼の耳には荒野の呼び声がとどいており、見知らぬ導きのまま空を走るのだった。こうしてけものは野に放ってやるべきなのだろう。

しかし私は追っかけた。

次の角まで走ってゆくと、鼻吉が冗談めかした顔でひょろりと戻ってきた。野犬仲間から、何となくバカでかいだけで話が通ぜず、あっちへ行けといって追い出されたらしいのである。

鼻吉のミスはまだまだある。

庭で私がフラメンコのレッスンをしていると、隣りの窓が少しあいて誰かがのぞき見をしている。こんなときは、鼻吉は、私の子分よろしく、ナニオーッと腕まくりしたかっこうで、窓の真下へ行ってまともに吠えたてる。向い側のマンションの五階からのぞいていた人とパッチリ眼があっただけで五階へ向って吠えたりする。この態度が生意気なので、人から嫌われる。ある日裏のアパートの二階あたりで若い女子学生たちがアコーデオンやギターで下手な歌をうたっていた。

「うるさいなあ。鼻吉」と言って一寸手真似で行け！　と言ったばかりに、腰軽鼻吉は二階までのぼり、窓からとびでると屋根の上をのこのこ歩いて、アパートの窓の真前で吠えたてた。

少しの間をおいて、何かものすごい音が屋根の上をころがってゆく。つづいて犬の悲鳴。鼻吉は屋根からすべりおちて、塀を越えて隣りの車庫の屋根でバウンドして隣りの庭の地面へおっこちたのである。

鼻吉は隣りの庭におっこちる前に屋根にブラ下って泣いていたのだが、女子学生たちは、ザマーミロとばかり笑って窓を閉めてしまった。

鼻吉は泣き泣き、それでも私のところへとんできて抱きついた。


この散歩の途中では、何人かの朝の常連に毎度出会う。

よく太ったA氏、夏も冬もパンツ一丁で走って現われ、ある時期からやせるために、ゴルフの棒をふりまわすようになったが、そのあまりの下手さに、海ぎわの水門番が見かねて手をとって教えだした。この水門番は、いつも海ばかりを相手に孤独で水門のバルブの仕事をしている。そういえば、いつしか白髪がまじりだした水門番の顔をみて、ああ彼はこの前まで青年であったことを思い知る。一代目鼻吉がまだデブの赤ん坊のころから彼とは毎朝出会っていたのだから、もう十何年の月日がたってしまったのだ。水門番はゴルフの凄腕をもっていた。A氏は走ったり棒ふりをしたり、この朝の海岸べりでは一ばん騒々しい方だが、その割りには少しもやせないので、聞いてみると「朝こうやってるとめしがよけいうまくてね。一日四回も食うから一しょですなあ。アハハ」と笑った。

あるとき、電車の中でリュウとした背広姿のA氏に会ってびっくり仰天した。つまり氏の裸姿しか知らないからだった。

ずり落ちそうな眼鏡をあげながら、鼻の穴をふくらませ、汗をしたたらせて走る老人B氏。いつも奇妙キテレツな姿だ。上半身裸。半ズボンがこれ以上は破れぬと思えるほど破れているが、それでもちゃんとベルトをしめ、上等の白ズックをはいている。

ある朝、茶色の子犬を従えて現われた。

「迷い犬が勝手に入ってきよってね。仕方がないから育ててるが、こいつのおかげで走れませんや。名前はケン（健）といいます」

と不平そうに言う。つり眼でガニ股で、こげたパン色の子犬は主人にチャッカリと甘えて悦に入っている。

堤防の端までゆくと、B氏はいつものように、急に後むきのまま、後ずさりで何メートルか歩く。それから自己流の何とも変な体操をやる間、ケンは口をあけてそれを見ている。私がケンだったら、毎度吹きだしそうに、手足がグイチのメチャメチャな妙な体操だ。二人の後姿が朝もやに消えていったが、けっこう似合いの親子だ。

C氏。縁太の眼鏡。頭を少しかしげ、忙し気に速歩で通りすぎる。この人は、なかなかいかすランパン・スタイルだが、出勤するときも背広とカバンに変るだけで、同じ速歩でマンションから出てゆくのを目撃した。商社マンか大学教授といったタイプ。

海辺の病院へ勤めるD老人は、早朝に夾竹桃並木の川を超えてやってくる。川しもで、病院の白い犬は決った時刻に老人を待ちうける。病院にいつか住みついた白犬は、この老人にだけなつき、老人が荷車をひいたり、庭掃除をしたりする労働の間じゅう、一しょについてまわり、共に一日を送る。この病院も白や赤の夾竹桃で囲まれており、鉄わくのしゃれた大きな裏戸をあけて、手押車をおした老人と白犬の姿がときおり見かけられるが、それは税関吏アンリー・ルソーなどの絵のような風景で、名づけて「老人と犬」「友情」「労働」といった感じのもので、老人と犬にのみ通じ合うひそやかな愛情が流れていた。

そういえば、この病院長は大へん絵の好きな人で、なかなかのロマンチストらしい。赤屋根の病院の一劃《かく》には、チャペル式の灯台のような展望室もある。庭には大きな貝や、南国の植物の椰子《やし》や、サボテンのローズ色の花、夾竹桃などが森をつくっていて、ここを通る時、私たちは一時代前の麦ワラ帽子をかぶった子供の夏休み時代を歩む思いがする。

日暮れどきともなれば、またも夾竹桃の川べりまで白犬は老人を見送りにゆくのが日課だ。

D老人は仕事にとりかかる前に、砂浜で何かゴミなど燃やす小さな焚火の横で深い瞑想に浸って飽きもせず海を眺める。白犬もその横に身をはべらして海を見る。これは彼の優雅な朝の一刻で、犬の名を聞いた私に、ふり向きもせず「チビだ」と不愛想に答える。

人間ではなく、ここに重要な常連を一匹入れなければいけない。

名前は「ハマ」。つまり浜育ちだからだ。病院の裏にひろいひろい、ガラス工場のびん置場の広場がある。ぎっしりとびん類のつまった箱が、まるで建物のようにいくつも積み重ねられ、いわば、箱のジャングルがあるが、この工場の中に年とったハマという女の犬がいた。耳のたれた土佐犬の雑種で、童話に出てくる黄色い老犬とそっくりの大きな犬だ。クサリなし、主人つきそいなしで、天下御免にこの界隈を平然と歩くのはこの犬ぐらいだ。

ハマは一人で散歩する。ときには暑いなあと思うと、海へ行き一寸お風呂へ入るようなかっこうでゆっくりしゃがみ、少し泳いで、また砂浜を歩く。遊んでいる子供たちは、野良犬でなく首輪つきの大きな犬が当り前に歩いているのでつい当り前に思って、すぐ傍を通っていっても平気で眺めている。私とは顔なじみなので、出会うと急に子供風にはしゃいではねてみせて、脂肪をタプタプとゆるがせながら走ってくる。鼻吉などは、年下の青二才とばかり、かるく鼻であしらわれる。四ツ辻で、少し考えてから、私と別れて、違う方向へ散歩にゆく。工場では、よく番をするらしいが、門の中から工場の人々と一しょに、私たちをのぞいて、何事か噂話などしている風にみえる。いかにも人間と対等の年とった女犬だ。これで四十何匹の子供をもったが、みんなそれぞれ工場や病院の人たちにもらわれていった。

年とっていてもなかなかもてるらしく、ときどき若いツバメを従えて草原で遊んでいる。ある日、鼻吉とその若いツバメは大ゲンカをした。若いツバメといっても中年でケンカはうまいが、何せ二倍も鼻吉は大きいので、おさえこみ勝ちとなる。

ニヤけてみていたハマが、途中からわざと二匹の中へすっと入って、ケンカを止めさせたのがなかなか堂に入っておちついているのに、驚いた。本気でハマがケンカしたらつよいだろうな。十何年生きていたが、とうとう亡くなったという噂を、この散歩仲間から聞いた。工場の人たちは丸い大きな石に「犬ハマの墓」と書いて、庭の一隅にていねいに葬った。私は毎朝堤防の道から柵越しにハマの墓を見る。なぜかハマの死には、偉大なものがとうとうたおれたというドラマチックな感銘があり、散歩常連たちも、海辺の常連が一匹消えたことを惜しみ合った。

E氏は年じゅう、えんじ色の鉢巻きで銀髪をしばり、黙々と草原でゴルフをする。ゴルフ棒が一刀流の剣さばきに似て、武士の魂を見る思いで、ゴルフに関心のない私も魅きつけられる。

私の周りのお商売人は、やたらとゴルフ族が多く、その人たちのゴルフの自慢話が始まると、私にはチンプンカンプンで、さっぱり判らず一人だけ仲間はずれにされる。何だかオクレをとったみたいで、いまさらオメオメと練習などできない。だから、あんなじっと止まって動かぬ球を打って、その後をのろのろ歩く年寄りじみた競技は大嫌いだ——などと言っている。

しかし、E氏の朝のゴルフを見ていると、この人の一人の姿勢というか、人生の歩み方のようなものが滲みでていて、ゴルフに共感してしまう。他の人の練習をみていると、同僚をアッといわせてやろうとか、もろもろの邪念がひっついているのが見えるのに、E氏は見事に透明で美しく高い響きがある。

棒を空中高くふり上げたままの姿勢で、打った球のゆくえを長いこと、いとおし気に彼は見送る。まるでわが子の行末を遠くの方から、手はふれないが、いつまでも見守っているといった風である。誰も見ていない朝もやの中で、それは見応えのある絵になっている。

だから草むらを私が近づいても、E氏はボールに沈潜していて気づかない。犬が私より早くE氏にとびかかるので、やっと気がついて朝の挨拶となる。天気がよいことが、氏も最高の喜びのようだった。

この人はゴルフ練習の前か後に、必ず犬をつれて決った道順を歩く。私は犬を通じて知り合いになり、犬の名を呼ぶと、犬とE氏がふり向くといった関係が十年もつづいたころ、この方はA新聞社のえらい人だと知った。私は感じのいい人の具体的な生活とか仕事とか家とかいったことは、なるべく知らずに過すくせがある。その方が抽象的に一人の人間が浮かび上るからだ。

E氏はいま「チビ」という日本犬をつれて歩いているが、先代の犬は大きな秋田犬で、「ターラー」といった。「風と共に去りぬ」に出てくるスカーレット・オハラの生まれたところの農園の名前である。私の先代鼻吉と同じ年齢で、毎日海岸で会っていた。おしゃべりの鼻吉に比べて、ターラーは無口で、紺ガスリのキモノにひもをしめた日本の男の子のようだった。E氏はターラーのことをタラ吉と呼んだ。

鼻吉の方が先に死んでしまった。

いつだったか、晩秋のある日、E氏は、たくさんのコスモスとサツマイモをもって私の家に遊びにみえた。

「昨日の雨ですっかり花がいたんだけれど、花はお母さんに、サツマイモは鼻吉にね」と、死んだ母と犬へのおみやげは、E氏手づくりのものばかりだ。E氏はすぐ近所に住んでおられるが、なぜか田舎の農園の匂いがたちこめ、腕一ぱいに抱えた花と芋は秋の霊前にふさわしかった。

家の暖炉に薪をくべて、E氏と晩秋のお酒をのむ。E氏は大きなあたたかい心の持主で、このような人が、すぐ傍に住んでいるというだけで心温まる思いがした。私は本をつくったり、絵の個展の案内状ができたりすると、真先にE氏に、それも朝の海岸で手渡すのがうれしかった。死んだ父親に「見て下さい」と報告しているようだった。いや父より若く、とにかく素敵なおじ様なんだ。

ところが、このとき悲しい電話がかかった。電話から戻って、また静かに薪をくべながら「いま、さっき、ターラーが死んだそうです。最後に一泣き泣いたそうだ」E氏は感慨深気に長かった犬の一生を思い浮かべて、

「あなたも鼻吉が死んだときは悲しかったでしょうなあ」

と、私の犬に托して、わが犬の死をいたんだ。日本の男子の、この悲しみの、礼儀正しき表現を私は見事で有難く思った。あとでE氏の奥様から「はじめて主人はターラーをだいて男泣きに泣いていました」と聞かされた。

ターラーの子供のチビは、女の子でもう大きくなったが、二代目鼻吉の第一ばんの仲良しである。

チビと鼻吉は出遇うや否や、二匹の栗毛の馬のように草原をひた走りに走る。それは爽快な眺めだ。泳ぎを知らないチビを鼻吉は海へいざなう。二匹は海水から首だけ出して、温泉へつ

かってる風なかっこうをする。E氏と私には、それぞれの死んだ犬たちへの追憶が、いま、命の復活となってたわむれるかのように錯綜するのだった。

犬の俳句

尾崎放哉

のら犬の脊の毛の秋風に立つさへ

犬をかかへたわが肌には毛が無い

犬よちぎれる程尾をふつてくれる

いつしかついて来た犬と浜辺に居る

犬がのびあがる砂山のさきの海

犬が覗いて行く垣根にて何事もない昼

尾崎放哉

寺山修司と雑種犬の太郎

Ⅵ お別れの日

いつも見ている

吉本ばなな

愛犬が十七歳で死んだとき、気づいたことがあった。

たくさんの犬と暮らしてきたけれど、十七歳まで生きた犬は初めてだった。いるのがあたりまえだから、家の中のいろいろなものがその子に見える。それでいちいち涙が出る。

そんな悲しみの中で新しくわかったことは、その子がいつも私を見ていたということだった。まなざしがひとつ足りない。

うちにはそのときも猫二匹と犬が一匹いて、視線は余るほど受けているはずだった。

でも明らかに減っている、それがわかった。

どんなにいつも見ていてくれたのか、初めて気づいた。そしてとても心細くなった。

ただ見ているだけ、特に優しい祈りも介入もない。それなのに、果てしなく大きなものに包まれているような視線だった。

人間にとっても引っ越しはたいへんだが、理屈でわかるところがあるからまだ楽だと思う。「これこれこういうわけで、何月何日に、今住んでいるところを出て、新しく住むところに寝るようになります」

わかっていても、体が慣れなくて落ち着いて眠れなかったり、前の家の天井を思い浮かべて悲しくなったりする。

しかし、猫にとってはもう天と地がひっくり返るほどの、一生ありえないことが起こったことになるというのは、うすうすわかっていた。

二匹の犬は、人がいるところが家だから別に、という感じですぐ慣れた。その受け入れの速さにこちらがびっくりしたほどだ。

猫のうち一匹のあまり目が見えないタマおばあちゃんは、自分の定位置を決めてトイレの場所を定めたら、すぐ納得した。これも拍子抜けした。

しかしもう一匹の茶トラのおじいちゃん猫は、どうしても納得しなかった。箱に入って震え続けていた。まずいことに、家族でアメリカに行く用事があって、私たちは犬と猫を引っ越し直後の新しい家に置いていかなくてはならなくなってしまった。

どう考えてもむりだと思えた。

あとの三匹はともかく、おじいちゃん猫は、食べるのも拒否するだろうし、脱走も試みるだろう。慣れていないシッターさんがドアを開けるのに手こずったりしたら、きっと逃げ出す。私と夫はどうしたらいいか真剣に考えた。

そして苦肉の策として、まだ借りていた前の家に、動物たちだけ留守番させることにした。がらんとしたなにもないところだから被害は最小限だろうし、シッターさんも出入りに慣れているし、猫は少なくとも安心だろう。

そして四匹を連れて行った。

なにもない家はとても淋しかった。この前まで家族のもので満ちていた築四十年の家は床が汚れた汚い廃墟だった。動物くささだけはたっぷり残っていて申し訳なく、もう二度と賃貸には長く住めないなあと思ったくらい。

そんなに高価なものはなく、がらくたばかりだったけれど、私たち家族の持ち物はきっと温かいなにかを発散していたのだ。

そう思うくらい、なにもかもががらんとして古びて見えた。

帰ろうとすると不安がる猫を見て夫が、

「今日から自分だけここに泊まろうと思う」

と言った。

すごいなあ、と思った。真夏のことだった。冷房はあるけれど、TVも洗濯機も冷蔵庫もなにもないその家に、四匹の動物たちと寝袋で泊まるというのだ。もともと夫の動物好きなところを尊敬していたが、そのときはいっそうの感動を覚えた。自分も動物好きだが、そこまではできない。なので引っ越しの片づけを私が担当して、夫が彼らと旅立つぎりぎりまでいっしょにいることになった。

お風呂に入ったあと、濡れた髪の夫が自転車に乗って前の家に行くのを毎晩見送った。新しいうちの前の空き地にはまだ家が建っていなかったので、角を曲がってもまだ夫が見えた。手を振って、新しい土地の星空を見上げた。そして動物たちがいない新しい家で夜明けまで片づけを続けた。それが今回の引っ越しのいちばん印象に残っている光景だ。

毎晩寝袋で動物たちと寝ていた夫が、ある日感慨深げに言った。

「ふだんはいっしょに暮らしていてもTVの音だとか、他の家族の動きだとか、家電の動きだとかにまぎれていて気づかないけれど、なにもない家で動物たちと過ごしていたら、彼らがどんなに自分の動きに注意を払っているかわかってびっくりした。いつも動きを見ているし、寝袋に入ったら家のあちこちから集まってきていっしょにキャンプのように寝る。目を覚ますと向こうも目を覚ますし、とにかくずっと見てるんだ。いっそう近しくなった感じがする」

ああ、愛犬が亡くなったときと同じ気持ちだ、やっぱり動物たちはいつも飼い主を見てるんだ、と私はそれを聞いて思った。

吉本ばなな

芸術の神様

山本容子

二〇〇三年一月二十六日、ルーカスは亡くなった。私は友人を呼んで通夜をして、その夜ルーカスを絵に描いた。

古今東西、著名な人が死んだ場合には、画家がデスマスクをとったり、肖像画を描いている。ルーカスが死んだとき、画家の私が思ったことは、この「大きさ」を残したい、ということだった。ルーカスは小さなプリントの状態になったものでは、とてもたくさん残っているのだが、それではサイズそのものが残らない。

ちょうどアトリエに、五十号のキャンバスがあった。いつでも絵が描けるように、下地を作って準備してあったものだ。その中から、オレンジ色の下地を塗ったものと、麻の茶色のキャンバスを、私は泣きながら選んだ。真夜中だった。泣きながら硬くなったルーカスを抱き上げて、キャンバスの上に乗せ、泣きながらオレンジ色のパステルで亡骸をぐるりと型どりした。

失敗したら嫌だと思い、念のため二枚描いたのだが、泣きながらそんなことまで考えていたのがいかにも私らしくて、今思うとセンチメンタルになりながらも笑えてしまう。

それから十センチ角の版画の銅板四枚にそれぞれの足形をつけ、腐食した。毛並みの良い自慢のしっぽの毛を少し取り、小さく束ねた。

いつものように赤いソファで眠っているようなルーカスと一夜を明かすのに一枚のCDを選び、繰り返し聞いた。それは友人の歌手である波多野睦美さんから送られてきた「アルフォンシーナと海」という曲だった。アルゼンチンの女性詩人アルフォンシーナが海で入水自殺をする曲だが、私には海に還る葬送のメロディに聞こえた。ゆっくりとつまびかれるギターにのって、波多野さんがレクイエムを歌ってくれる。ルーカスが海に還ってゆくという実感を持った夜だった。

翌朝、庭に穴を掘った。ルーカスの棺を入れるために、二メートルもある深い穴を。棺は私が作った。蓋には絵を描き、中には、へその緒である乳歯の箱と、海外に出かけるたびにおみやげとして買ってきた首輪、毛すきをした櫛、そして水を飲んでいた陶器の鉢を入れた。

最後に棺にロープをかけて、深い穴の底に下ろし、上から土をかけた。悲しいのに「こんなふうにロープで下ろすなんて、まるで外国映画みたい」と感心している自分がおかしかった。

お墓には、こんもりと古墳のように土を盛り上げる。盛り土をするのは、棺が朽ちて土に戻ると上の土が沈んで落ちるから。そのとき地面が平らになるように、棺の分だけ盛り上げておくのだそうだ。年月を経て土葬された地面が平らになることは、亡骸が土に還った証なのだ。この盛り土の容量がルーカスの容量、と私はしみじみ眺めた。

盛り土だけではなく、いつも見るルーカスのお墓なのだから、ルーカスの形が欲しいと思った。墓石になるようなものを、私は探すつもりだった。

それは偶然、休暇として年に二回訪れるバリ島で見つけた。古い家具を扱っている店を車で通り過ぎたとき、目の隅に何かが映った。あ、ルーカスが座っている！　二台の車で移動していたのだが、ちょっと戻ってくださいと頼んで、車を止めてもらった。車を降りてその場所を改めて見ると、ルーカスに見えたのは、石で彫った素朴な犬だった。その座った犬の姿が、ちょうどルーカスの大きさだったのだ。

お店の人に、これが欲しいと言ったら、「これは店の大事なシンボルだから売れない」と断られた。同行していたインドネシアの友人のアデさんが、「何を言っているの？　この人は、十六年も生きた犬が死んで、とても悲しんでいるのよ」と言ってくれた。バリ島の人は多くがヒンドゥー教で、ものの魂を非常に大事にする民族だ。さらに彼女は「縁があるのだから、あなたはこれを売るべきだ」とまで言ってくれたのだ。「そういうことなら」と売ることにした店の人と、値段の交渉までしてくれた。

だが、売ってもらったはいいが、それは実際恐ろしく重いものだった。さて、日本までどうやって運ぼうかと考えていたら、たまたま後ろの車に乗っていた人が、家具の買い付けをしているという。「急がないなら、ついでに日本まで運んであげましょう」と請け合ってくれた。面倒な手続きなどもすべて、お店の物と一緒に済ませてくれたうえ、トラックで家まで運んでくれたのだ。

そういった人々の善意を経て犬の石像はルーカスの墓の上に置かれた。大きさといい、佇《たたず》まいといい、まさにルーカスがそこに座っているように思える。

墓のすぐ後ろには、私が死んだあと、ルーカスの墓が何かわからなくならないように、山桜を植えた。ルーカスの養分で育つ木。いつかルーカスが木になるように。山桜は、私が大好きな木だ。日本人に好まれた雄々しいこの木は、古来たくさんの歌にも詠まれてきた。今、この山桜がルーカスのお墓を見守っている。

まだ春浅い頃、墓の両脇にある山茶花《さざんか》の木に、つがいのメジロがやってきた。山茶花の蜜を吸いに来るのだ。メジロがつつくと山茶花の花がお墓の上に落ちる。まるで献花をするように。それは私が今まで見た中で、一番美しい風景だった。

亡くなった夜にとった足形の版は、その後インクをつめて刷ることもできずに引き出しにしまい、しっぽの毛は小さな本にひもでしばりつけ、アトリエのテーブルの、ルーカスの写真の前に置いている。小さな祈りの場として。

型どりしたキャンバスは、今もアトリエにそのまま二枚立てかけてある。本当はそれに手を加えて絵を描こうと思ったのだが、まだできずにいる。

三年経った今、私の傍らには共に老後を過ごそうと思う夫がいて、二人の間には紙と木で作ったハリボテ犬がいる。名前はつけていない。

つい先日になって、ルーカスが亡くなって四十九日がくるまでつけていた日記を、やっと読むことができた。埋葬したその夜には「ベッドの横にいつものようにスリスリして出てきて、私の手がルーカスの毛を触っていた」と書いてある。そして翌日、なんと私は朝からフランス語のレッスンを受けていた。フランス語のレッスン中に漂うアトリエの緊張感がルーカスは大好きで、先生の足元でいつも眠ってしまったことを思い出しながら。

毎週日曜日になると、美しい女性の友人達からお花が届いていた。さすがに美女の好きだったルーカスらしい。私はといえばあちこちにルーカスの汗やよだれや血の付いた窓ガラス、壁を掃除しながら泣き暮らしていたようだった。そして四十九日目、快晴。「青空みたら綿のような雲が……」と武満徹さんの歌を歌いながら空を見たら、ルーカスが走る姿のような雲が青空にポッカリ！　びっくりした、と書いていた。だって、「悲しみをのせて飛んでいった」と歌は続くのだから。

犬はいつも人間と一緒にいる生き物だ。人もそれを望み、犬もそれを好む。そして思う。一緒に過ごした人間は時を経て変化するけれど、犬はいつも変わらない。

幼い頃を共に過ごした五郎やボスクは、私の生活まるごとを一緒に体験した家族そのものだった。青春時代を過ごしたヤロスは少し距離感が出て当時のほろ苦い思い出と共にその姿が蘇る。結婚生活のまっただ中にやってきたマッシュには、必死に生きていた自分自身が重なって切なくなる。子どものいない私にとってルーカスは、誰よりも長く一緒に大事な時間を過ごしたパートナーだった。いや、パートナーというより、もっと私に寄り添う「守護天使」といったほうが良いかもしれない。

以前フランス語の先生から「ルーカスという名前は聖ルカからとったのですか?」と聞かれたことがあった。十二人の聖人の中で、聖ルカは芸術の神様なのだという。それと知らずにつけた名前だが、最近になってこんなふうにも思う。ルーカスはやはり私と一緒に絵を描いていたのではないかなと。そのために、あの日、海からやってきてくれたのではないだろうかと。

ジロウ惜別

舟越保武

今朝、動物霊園の人が来て、ジロウの死骸を運んで行った。みぞれの降る中を、ジロウを載せた車が濡れて走り去った。

ジロウをかかえて車にのせるとき、白い毛並みがひどく冷たかった。いつもの首輪をつけて、いそいで花瓶の花を入れてやった。シクラメンの紅い色が、ジロウの身体の白い色をひき立てて見せた。

今日は土曜日なので、一日置いて月曜日に火葬すると霊園の人が言った。それなら、ジロウは今日は、真暗な冷たい倉庫みたいな所に置かれるのか。でもあれはジロウではない。ジロウは昇天してしまったから、冷たくも淋しくもないのだ。

あいつは、おっとりとした平凡な生涯を終えた。ずっと私の家にいたのだから、あいつの生涯は、ほとんどの時間がこの家の中であった。気が弱いのは飼い主に似てしかたがないのだが、人なつっこくて、誰にでも、喜んであいさつをした。あいさつというのは、ジロウの場合は、人のそばにすぐ寄って行って、お手をした。小さく声を出しながら、お客の頰っぺたをなめた。他所の犬や猫を咬み殺したことは何度かあるが、あれは日本の猟犬の本能だから、悪いのは私の不注意からのことだ。人間に咬みついたことは彼の生涯の中で一度もなかった。

立派な死に方だった。ローソクの灯が消えるように静かだった。私ならあんなに静かにはできないだろう。

生命の力が次第に薄れて行って、じっとそれに身をゆだねている。生命の終わりの荘厳さが伝わって来るのを覚えた。自然の摂理にしたがって生命の流れが終わる。それは飼い主の感傷などをはるかに超えたところにあった。

たかが犬一匹という気持ちが私の中にもあったのだが、それはひどく愚かな思い上がりではないか。

一つの生命の、発生から消滅までの過程は、人間も犬も鳥も、植物までも、同じに尊いものであろう。ここには、大小、軽重の比較などある訳がない。

むしろ私の眼には、その生き方が、単純に見えるだけに、かえって生命の糸が、たしかな糸の長さとして、その両端が鮮明に見えてくるのだ。

昨夜おそく、ジロウの生命の糸が切れた。私はその糸の端をじっと見ている。

いつもの小公園のベンチに腰を下ろして、煙草に火をつけたとき、向こう側の灌木の暗がりの中から、白いものが現れた。

私は、それがジロウだと、すぐ解った。

陽が落ちて、この児童公園は、子供たちもみんな帰ったあとで、ひっそりと静かだ。

ジロウを連れて歩くとき、必ずこの小公園に寄って、ベンチで一服するのだった。

私は白いものの動きに気を配った。それは私の方に向かって走って来る。やっぱりジロウだった。

ピョンピョン飛び上がりながら私の方へ走って来て、二メートルほどのところで急に停まった。頭を地面スレスレに下げて、尾をふりながらいつものしぐさで私の傍に寄って来る。白い中の漆黒の眼が私を見る。

「ヨシヨシ、オマエ、ドコヘイッテタ」と頭をなでる。ひどく冷えている。かすかに鳴く声は、私の耳の中だけで、私がなでているジロウは消えて、夕闇がうつろにひろがるだけだった。白いものなど何もない。風に吹かれてゆれて走る新聞紙が見えるだけだった。

夕方、この公園に来てベンチに坐ると、いつもあの隅に白いものが動くような気がするのだが、私は残された記憶をくりかえして、白い姿を懐かしんでいるのだ。

私はベンチから立ち上がって、家に帰る。


あれから二カ月ほど経って、いつもの散歩の道順どおり、児童公園に行った。子供たちが大ぜい遊んでいる。ほとんどの子供は顔なじみだ。

「ア、ジロウノオジチャンダ」

と女の児がひとり、私のところへ走って来た。

「オジチャン、ジロウハ」

「死んだんだよ。死んだって解る？」

「ジャ、モウ、ジロウハコナイノ？」

「うん、遠くへ行っちゃった」

「ドコヘ、イッタノ？」

「死んだから、遠い遠いところへ行ってしまったよ」

「フーン、マタクルノ？」

「もう来ないんだよ」

「フーン」

もう一人の男の児が来た。

「オジチャン、ジロウハドウシタノ？　モウ、コナイノ？」

「うん、死んだからもう来ないよ」

「オジチャンハ？」

「おじちゃんは、まだ死なないんだなあ」

「フーン」

子供たちには、死ぬということが解らない。

「ジロウ、ドコニイッタノ？」

「お寺に行って、ずうっと眠ってるの。遠いお寺で眠ってるから、もう来ないんだよ」

「フーン」

「ジロウとよくここで遊んでくれたよね。ジロウ可愛かったでしょう」

「ウン、マタクルトイイネ」

そして、すぐスキップしながら、遊びの環の中に入って行った。

いつもにぎやかな児童公園
昼時は静かだ。

男の児が一人で遊んでいる
だまってすべり台をおりる
またまだまってのぼる
「お昼たべた?」
子供は頭をよこにふった
「ママ、いないの?」
子供はかすかにうなずいた
鉛色の空、雨になりそうだ
子供は私の方を見ない
すべり台を上っては、おりる
私がベンチから立ち上がると
「もうかえるの?」と
はじめて声をだして私をじっと見た
「またね」というと
小さな手を胸の前でふった

舟越保武

ジルの話

寺山修司

ぼくのアルバムには幾人かの友人たちの写真といっしょに幾匹かの動物の写真が貼《は》ってあります。それは、とうとうぼくに馴《な》れないままで逃げ去ったカナリアから、軽井沢で偶然にぼくの自動車のシートの下にもぐりこんで来たリスまで、それぞれに思い出深いものばかりです。テネシー・ウイリアムズの『ガラスの動物園』の少女のように、ぼくもまた、こうした動物たちの写真と「会話」することで、時のたつのを忘れてしまうことがあるのです。

その中で、とりわけ忘れられないのは、ジルのことです。ジルは一匹の仔犬でした。ちょうど、ブリジット・バルドーの『私生活』という映画を観たあとで、友人が帽子の中に入れて持って来てくれました。コッカスパニエール系の雑種でしたが、なかなか野性的なのでジルとつけたのです。(ジルというのは『私生活』の中のバルドーの演じた少女の名です。ですからもちろん、ジルも牝《めす》でした)。

そのジルは、まる二年間ぼくと同棲しました。新聞もテレビも見ないので退屈なのではないかと心配しましたが、なかなかのアイデアの持ち主で、いつも悪戯《いたずら》ばかりしていました。新しいクッションは大抵、ジルに「手術」されて、はらわたのパンヤをつかみ出されてしまうのでした。

ジョーン・バエズのレコードを食べようとして、口にくわえてバリバリとやったときには、ぼくも吃驚《びっくり》しました。

「ジル！」とぼくは叱りつけました。

「少しは、ビクターの犬を見ならったらどうだ。あいつはおとなしく蓄音器を聴いてるぞ」

ジルはあくびばかりするようになりました。そこで、自動車にのっけて我孫子《あびこ》までドライブに連れて行ってやりました。ぼくは、手賀沼の近くに車を停めて、夏めいている沼の水で顔を洗いに行きました。

帰って来ると、車の中にジルが見当たりません。驚いたぼくは、川の葦《あし》ぞいにジルを探しに行きました。

すると、葦のかげのバスケットの蓋《ふた》をあけて、ジルが他人の弁当のサンドイッチを食べているのです。ぼくは思わずジルの首根っこをおさえつけて、その持ち主を見ました。

持ち主は若い恋人同士でしたが、二人とも抱擁の最中なので、ちっとも気づくふうがないのです。

ぼくは、ジルを引きずるように連れもどし、自動車の中まで帰ってから、ジルに訊きました。

「いくつ食べたんだ？　ジル」

すると、ジルはみえすいた嘘をつきました。

「ワン、ワン（ひとつ、ひとつ）！」

そのジルがフィラリアで死んだのは、ぼくにとって忘れられない悲しみのひとつです。

ジルが入院してから三日目に、動物病院から電話で、「手術の経過がいいから、面会に来てくれ」と言うのです。

ぼくが行くとジルは（いつものくせで）なんとなくバツがわるそうに横目で見ていましたが、やがて嬉しそうに尻尾《しっぽ》を振りました。

「いいんですか？」と訊くと、先生は「今のところなんとか」と言ってくれました。

ぼくは先生に見えないようにジルをゴツン！　とひと打ちして帰って来ました。

帰って来たら、またサンドイッチでも作ってやろうと思っていたのですが、その夜急激にフィラリアが悪化して、ジルは死にました。病院から連れもどしたとき、ジルはもう硬直して重くなっていました。

ぼくはそれを庭に埋めて、上に向日葵《ひまわり》の種子をまきました。

犬の屍《しかばね》は、あとかたもなくなってしまうと言われたので、なにか記念碑をと思ったのです。ぼくはその向日葵に「ジル」と名をつけました。

動物から植物になったジルは、今ちょうど四枚の葉を土から出したところです。たぶん、この向日葵が今年の夏のぼくの話相手になることでしょう。

寺山修司

犬

金子みすゞ

うちのだりあの咲いた日に
酒屋のクロは死にました。

おもてであそぶわたしらを、
いつでも、おこるおばさんが、
おろおろ泣いて居りました。

その日、学校《がっこ》でそのことを
おもしろそうに、話してて、

ふっとさみしくなりました。

金子みすゞ

犬のパピルス

管啓次郎

子供のころ犬を飼っていた
名前はパピルス、虎毛
どこへでもついてきた
春先には黒い土に
うっすらつもる雪をふむ
耳がちぎれそうに冷たい風が吹く
大声で「えっとうたいだ」と叫ぶと
パピルスがおもしろそうな顔で見た
耳は狼のように立ち
尾は竜巻のように巻き

目は光のように鋭い
パピルスは半世紀前フィラリアで死んだ。
去年の夏タイの古都アユタヤで
歩き疲れて木陰にすわっていると
黄土色の犬がおとなしくやってきて
ちょこんとそばにすわった
鼻面がすっきりと黒い
耳のうしろを掻いてやると
笑うように目をほそめた
「パピルス」と声をかけると
ものうげにゆっくりと尾をふった。

待っているよ、きみを
あの山のふもとで
きみがその頂をめざすとき
ぼくもついていく

管啓次郎

ぼくはパピルス
きみの心にあって
きみが忘れたすべてを
ぼくが覚えておくよ

VII 犬と暮らす心得

川端康成とワイヤーヘアード・フォックステリアの子犬たち

ぼくは世界的犬恐怖症

安西水丸

自分で言うのも変だが、ぼくは世界的犬恐怖症で、高校受験の日、駅までの道に犬がいたため違う道を行き電車に遅れてしまい受験に失敗したという苦い経験がある。その高校は第一志望だっただけに、以降ぼくの人生は狂ってしまった。

何をオーバーなとおっしゃる方もいるとおもうが、そういった方は犬の本来の怖さを知らないということだろう。かの聖徳太子ものたまわっていたように、人は自分が好きなものを他人もみんな好きだとおもってはならないのだ。

犬に限らずぼくはだいたい下から這ってくるものを苦手としている（赤ん坊なんかもなんとなく気味悪い）。しかしまあなんといっても犬ほど恐ろしいものはない。ライオンもタイガーもクーガーも怖いけれど、犬みたいにそのあたりに平然といないからいい。

犬の目、湿った鼻、ながーい舌、ああ、みんな不気味だ。それになんといってもあの吠《ほ》える声、どうしてあんなに狂ったかのごとく吠えるのだろうか。ぼくは犬と顔を合わせると必ず吠えられるので見ないようにつとめている。

よく知人の家などを訪ねる時、犬が苦手だと言うと返ってくる言葉がある。

「大丈夫ですよ。家《うち》の犬はおとなしいですから」

こんな嘘《うそ》っぱちな言葉はない。

そういった犬に限って数百年の憎しみを一気に叩《たた》きつけるかのように吠えまくるものだ。

犬を散歩させながら、話しかけたりしている御婦人、あれも変だ。

「駄目よクレバー、うんちはこっちよ。はいクレバー、こっちよ」

何がクレバーだ馬鹿野郎、と言いたい。

バリ島を取材のために訪れた時は凄《すさ》まじかった。この辺いいなあと路地を入っていくと犬、レストランで足もとが生暖かいなあとおもっていると犬、それも首輪も鎖もない痩《や》せて狼のように口の裂けたような犬ばかりでぼくは発狂しそうになってしまった。結果、なけなしの金をはたいて犬除《よ》けの青年をアルバイトで雇うことになった。ああ、世のなかに犬がいなければどんなに幸いなことか……。

それでも日本の犬よりはまだ外国の犬の方が紳士的だ。日本の犬のようにむやみに吠えつかない。

と、そんな風におもっていたぼくだが、一度パリのポンピドー・センター広場で峻烈《しゅんれつ》に吠えられたことがあった。その時の人々の反応が気に入らない。みんなは吠える犬よりも吠えられているぼくの方を胡散《うさん》臭そうに睨《にら》むのだ。パリで犬に吠えられるなんてよほどのことなのかもしれない。

子供の頃、鞍馬天狗などの映画を見ていると、捕り方の連中をよく「幕府の犬めが」などと言うシーンがあったが、犬というのはほんとにそういったところがある。

浜辺を歩いていたりしていると、遠くに点のように犬の姿が見えることがある。これだけ離れているんだからまあ大丈夫だろうとおもっていると、その点のような犬がちらっとこっちを見たりしてつい顔が合ってしまったりする。そうするとその犬めが、なんとこっちが苦手にしていることがわかるのか、すたすたと近づいてくる。

「幕府の犬」とはよく言ったものだ。

自分が犬恐怖症だから言うんじゃないが、あちこちで犬による事故は多い。子供が嚙《か》み殺されたり老人が襲われたりしているじゃないですか。飼い主はきちんとしなくてはいけませんね。もう一度書くが、とにかく自分が好きだからといってみんなが同じというんじゃないのだから。ペットは生半可な気持ちで飼ってはいけないのだ。

安西水丸

一代目ハラス

中野孝次

生れて初めて犬を飼うことになって、何が一番変ったかといえば、日々の暮しがにぎやかになって、活気が出たということがある。仔犬のときはその可愛らしさによって、若犬になればその元気さによって、とにかく犬を中心にその日が動いてゆく。グラスの『犬の年』にも、

――中心に立っていたのは犬だ。

という印象的な一行があったが、わが家においても中心にいるのはつねに犬であった。

引越しはしたものの家を建てたばかりでわが家の財布は空っけつになっていたから、庭を作るところまではとうてい手が届かない。荒地のまま、辛うじて真中に煉瓦で花壇らしきものを作っただけだったが、その円の回りを仔犬がまるまっちいからだでかけ回り始めれば、その愛らしさに夫婦していつまでも見ていて倦《あ》きない。

ころっと横になって寝てしまえば、その寝姿に見とれる。

便がゆるければ心配し、便通がなければないでまた不安になる。

犬という生きものの性《さが》、習慣、健康度など、すべてが初めての体験で、そのたびに迷ったりとまどったりして探ってゆくしかない。犬とはいえいのちあるものが家族に加わったとは、それだけ心配が増えること、しかも人間以上に苦労させられることがすぐわかった。人間の子なら、幼児でも言葉があるから、痛いとか、お腹が空いたとか、要求や苦痛を言葉で表現できるけれども、犬には言葉がない。言葉がないということがこれほど大変な意思疎通の障害になるとは、犬を飼ってみて初めて体験することだった。すべてこちらが察してやるしかないのである。

犬の鳴き方、吠え方の一つ一つ、態度、表情の一つ一つをよく見て、向うの要求や気持を推察する。最初のうちはとんだ思い違いをすることもよくあったけれども、そうやって思いやる心構えを持ちつづけるうち、犬の気持や状態がだんだん手にとるようにわかってきたときのよろこびは大きかった。そうなって初めて犬という生きものが、心を通じ合う相手になったという実感が湧いてきた。

そして、考えてみればわたしは子供の時から言葉ある相手とばかり暮してきて、向うの気持や要求は向うが表現するものとばかり思っていた。それが初めて言葉のない相手と暮し、気持を察してやる心遣いをするようになったとは、わたしとしても初めての体験で、他者をこんなにまで思いやったことは今までになかったのではないかとさえ思われるのだった。とにかく犬と暮すようになってわたしが、人間以外の生きものの心を思いやるようになったことは事実であった。

相手は犬とは限らない。ほかの動物に対しても、犬を飼う以前と以後とでは、その感じ方がずいぶん変ったと、自分でも思うようになった。

メキシコを旅行中ある田舎町で、柵のある池の中で鰐が飼われているのを見たとき、彼らがほとんど身動きもせず陽にあぶられている姿に、なんとも言えぬ生の倦怠と悲哀の印象を受けた。鰐たちの感情がじかにわかるような気がして、以前ならこんなふうに感じなかったな、と思った。鰐も人間も同じ生きものなのだ、とむりなく感じたのであった。

もっともそれは人間の側の感傷にすぎず、実は鰐たちはそんなふうに感じてはいないで、餌は毎日貰える暮しを好んでいるのかもしれなかったが。

とにかく初めて犬を飼ってみて、たかが犬っころ一匹増えたぐらいではすまぬことがよくわかった。犬を飼うとは、ある意味では自分が変ることでもあった。犬は、恋しかったよとか、淋しかったよという思いを、全身で表現する。『ニキ』の最も感動的な場面も、技師やアンチャ夫人が長いあいだ家をあけていて帰宅したときの、ニキのとめどもない歓迎の姿であった。それが外での不快な出来事に冷えた飼主の心に火を点したのだった。

それと同じことを犬を飼った人なら一再ならず体験しているはずで、犬のその全身的な愛の表現に対して、人間の側でもおのずと愛を全面的に解放せずにいられない。そしてそのとき人は、ふだん人間どうしの社会生活の中で、こんなふうに無警戒に全面的に愛を流露させることがなんと少ないかに、あらためて気づかせられるのである。相手が犬なればこそそれが可能だったのだ。

犬が家族に加わったとは、その意味でもこっちの暮しをゆたかにしてくれることだった。結婚生活すでに二十年の子のない夫婦の日常生活なんて、およそ考えうるかぎり寡黙になりがちなものだ。必要事項以外に会話はほとんどなく、一日に何語しか発しない日も少なくない。四十七歳のとしにしてすでにそうで、以後年齢を増すにつれますますそうなっていったが、犬がいると犬をめぐって口をきかずにいられぬことがつねに起る。散歩中の出来事、犬の健康、出会ったよその犬のこと、イタズラの数々、食欲、便通、愛らしい仕草、腹の立ったこと、等々、犬が口をきかぬので人間が代ってしゃべることになり、それが夫婦間の会話になっているのであった。犬は生活を円滑に運ぶための潤滑油でもあった。

犬を貰うときに、「散歩用に貰うか」と言ったように、わたしはそのころ家にいるととかく歩かなくなったので散歩の友くらいにと思って貰ったのだったが、これはとんでもない間違いであった。犬というのは他のどんなことよりも散歩を好む生きものであることを、わたしはまだ知らなかったのだ。もっともこの点は犬にも個体差があって、必ずしもすべての犬がそうとも限らぬようだが、最初に飼った犬ハラスは徹底した散歩好き犬であった。

今日は宿酔《ふつかよい》気味だから散歩に行くのが億劫《おっくう》だなというようなときでも、ハラスはその時刻になれば部屋の前に腰を落し前脚をついて坐りこみ、目をランランと輝かせてわたしが出てくるのを待ちうけている。夕方など、仕事が終らないのでわたしがなかなか書斎から出てこないと、書斎の窓の外に坐りこみ、そのうち一声低く「ワン」と叫んで、「遅いな」とか「早くしろよ」と催促する。そうなってはこちらもそれ以上仕事に集中できず、「やれやれ、わかったよ」と出てゆかざるを得ないのだった。

散歩の連れにぐらいのつもりで貰った犬が、実は散歩強要者であったわけで、たのしいはずの毎日の散歩が、かくてわたしには朝に夕方に義務と化したのであった。わたしは前に『ハラスのいた日々』で、犬の定義をすれば、

――犬とは一度手に入れた権利を絶対に手離さぬ存在である。

ということになると書いたけれども、ことハラスに関しては朝晩の散歩の権利は断じてゆずらぬという気概に燃えていたのであった。

もっとも一度外に出れば、わたしとしてもまんざらきらいではないから一緒に歩きだすが、気分が積極的でなく早く帰ろうとして路を短縮しようとしたりすると、いち早くその気配を察

してハラスは猛烈な力を発揮して路を曲らせず、遠回りのコースへ向う。散歩の主導者はあくまで犬なのである。こちらはハアハアあえぎながら力まかせに進む犬に引かれて、犬が臭跡を嗅ぎつつ進むのに付合い、犬の好きな方向へひっぱられてゆくしかなかった。

それでもわたしの場合は力があるから、いざとなればむりやり家への道を選ぶことができるが、妻の場合は完全に犬の言いなりで、犬もまたそのことをよく心得ているから、いつまでも好きなようにひき回され、二時間もたってこっちがいい加減心配しだしたころへとへとになって帰宅するというようなことがしょっちゅう起った。そういうとき妻は、「憎らしい犬だ」と言うが、それは本当にそのときそう思っていたのだ。まったく犬は可愛らしいばかりではない。自分勝手にふるまって、こっちのいう通りにならず、しばしば腹立たしく、憎らしい存在になった。

とくに日本犬の場合その傾向が強いようだった。洋犬は長い年月人間に飼いならされて、人間の命じるまま行動する性格になっているのに対し、日本犬は、紀州犬、秋田犬、四国犬、いや柴犬でも、いまだに自然のままの性質を強く残している。だから、家庭で最低限守らねばならぬ決りは守るが、それ以外のことは自分の好きにさせて貰うぜ、というようなところがあって、飼主の意のままになるとは限らないのである。そういうときはまったく憎らしい存在になるのだ。

「来い！」と命じたらすぐ来るようにするのは、犬を飼う上で第一に必要なことだが、ハラスを初めわが家に来た柴犬どもはどの一匹でもそれを守るやつがなかった。ハラスの如きは、いつかかなり離れた広大な県営墓地まで連れていったときなぞ、いざ帰ろうとして「来い！」と命じても絶対に従わない。そばまで来てもつかまえようとすると逃げ、つかまえられるものならつかまえてごらん、という様子を露骨に見せるから、わたしは腹を立て、とっとと大通りに出て歩道を家の方へ歩み始めた。するとハラスもわたしの後方で歩道を歩いてくるが、そのときでも「ハラス」と呼んでつかまえようとすると逃げ出す。わたしは本気で腹を立て、あともふり返らず歩きだした。

十字路を渡るときはさすがに気になって、ちらとうかがうと、わたしの十歩あとをついてきている。しかし、腹が立っているから知らんぷりして歩きつづけ、最後にどうしても大通りを渡らねばならなくなった。が、それでも寄ってこない。わたしが渡りおえたあと、もう車がどんどん走りだした道を歩きだしたときはさすがにぞっとしたが、いい按配に車の方で徐行して通してくれたので、このときばかりは車ぎらいのわたしも運転者に手を合わせたくなった。が、ハラスの方はそんなことも知らぬげに、結局そのまま家まで勝手に歩いてしまったのであった。

今でもその時のことを覚えているくらいだから、よほどに深刻な体験だったのだが、考えてみればそんなふうに人間に対すると同じように腹を立てたり、憎らしく思ったりすることで、われわれの生活は退屈しているひまもなかったのであった。帰ればわたしはすぐ妻に今の事件とハラスの態度について話さずにいられれず、妻は妻で聞いて心配するというふうで、ハラスはそうやってしっかり生活の中に根づいたのだった。

飼犬に手を嚙まれる

白洲正子

祖父も父も兄も、狩猟が好きだったので、私は子供の時から、犬にかこまれて育った。セッターという猟犬で、一時は十二、三匹もいた。犬にも気が合うのと、そうでない種類がおり、ペットのようにべたべたするのは、あまり好きではない。大人になってからは、シェパードを飼っていたが、年をとると運動が大変なので、数年前から柴犬に変えた。日本犬を飼うのは、はじめての経験で、洋犬とはまったく勝手が違うことを、つき合ってみて、はじめて知った。

第一、非常に気が強い。小さいながら、誇り高い武士といった風格をそなえている。生後一カ月から育てているので、私にはなついているが、ほかの人たちに構われるのを嫌う。といって、まんざら人間嫌いではない。どちらかといえば客好きな方で、お客さまがみえると尻尾をふって、そばへよって行く。が、それは匂いを嗅いで識別するためで、その人に興味があるわけではないらしい。さわられると、憤然となって吠えかかる。それでも嚙みついたことは一度もなく、小屋の中でおしっこもしない程きれい好きなので、よくいうことを聞く素直な犬だと思っていた。

ところがある日、親類の女の人が来て、例によって彼はそばへ駆けよって行った。「いじらないで……」と私がいうのも聞かず、「あたし、犬は馴れてるから大丈夫。かわいい、かわいい」といいながら、いきなり抱きあげようとした。案の定、彼は怒った。とたんに嚙みつきそうになった。私はあわてて首輪をひったくって離したが、時既に遅く、がぶりと手首をやられてしまった。

私はびっくりしたが、彼もびっくりした。真青になって（たしかに犬は顔色が変る）、きょとんとしている。そこら中に血がほとばしり、床の上が真赤になった。こうしてはいられないと、私は近所の医者へ飛んで行き、十幾針も縫った上、狂犬病の注射まで打たれて帰って来た。

それからが大ごとだった。犬はすっかりしょげ返り、ごはんも喰べなくなった。私の包帯を横目で眺めながら、消え入りそうな顔をする。慰めて貰いたいのはこっちの方だったが、一所懸命話しかけたり、散歩に連れて行ったりする間に、少しは元気を取戻した。完全に御機嫌を直すまでに、ひと月以上はかかったであろう。今でも「これ、誰がしたの」といって、手首を見せると、恐縮して下を向く。それがかわいいので、何度でもやりたくなるが、気の毒なので我慢している。

日本犬を飼っている友達に、嚙まれたことを話すと、皆一様に「ようやく一人前になったな」と、先輩面をして笑う。犬の喧嘩の仲裁に入ったり、何かに向って行った時、無理にひっぱがしたりすると、必ずそういう憂き目に会うという。洋犬では考えられないことで、だから日本では、「飼犬に手を嚙まれる」という言葉もできたのであろう。

この雑誌の六月号に、東大の飯田真先生が、精神医学的にいうと、犬は躁鬱病のタイプに属するといわれている。犬は飼主に似るというが、どうやら私にもその気がないとはいえぬ。

——とだけ書いて、あとは読者の御想像にまかせておく。

白洲正子

訓練士とグレイ／絵描きとグレイ

いせひでこ

「すわれ」
というと一回で
正座する。
その目は秋の空のように
澄んでどこまでも
すなおだ。

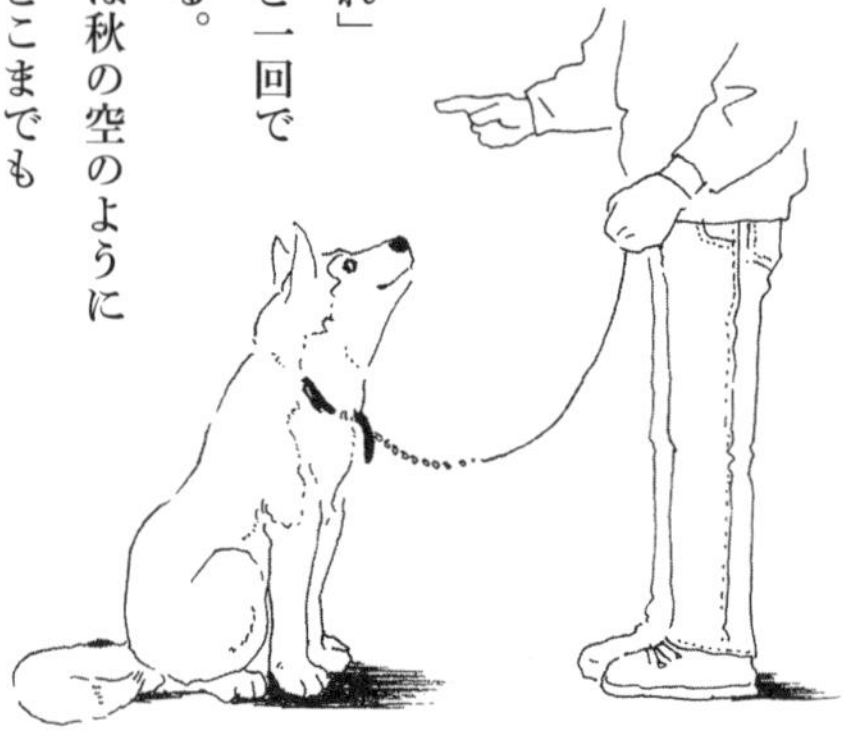

「すわれ」

「おすわり」

「すわりなさい」

……何度もいわれ
ようやくおかますわりをする。

門を出る時
けしてSさんを
おいこすことはない。
三歩下がって師の影ふまず。

門をあけた瞬間に
もう絵描きを
ひきずっている。

いせひでこ

「すわってまて」
ですぐに正座して
「よし」
といわれるまで
じっと
まってる。

「すわってまて」

「たってまて」

「そのまま」

全部同じく
きこえるらしい。

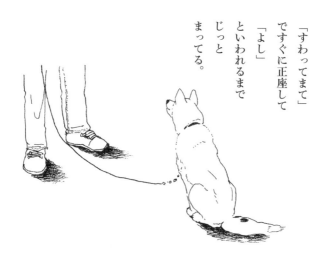

グレイは
プライドが
高いから

なかなか
「ふせ」
に同意しなかった。
それでも
Sさんが
やると

ちゃんと！

おまえ
それでは
くずしすぎ
なんだよ

ふせ！
ふせ！
ふせ！
ふせ！
あんただれ？
ふせが
じょうずね

いせひでこ

グレイは人が大好き
とびつくくせがなかなか
なおらない。でも

あら、
えらいのね
おべんきょう。

散歩のと中
だれかれ
かまわず
よっていく。

人がくるたびにとびつく
新聞屋さんにしっぽをふり
クリーニングやさんにだきつき
郵便やさんにすりより
宅配便やさんのおしりに鼻をつっこむ
どろぼうがきても
グレイはきっと
歓迎してキスするだろう

フレンドリーで
アミマルカンで
友情あふれる
グレイよ！

いせひでこ

愛犬家心得

川端康成

セツタア種の子持ちの牝犬が、新しく買はれて来たセパアド種の仔犬への嫉妬の余り、鉄道線路へ自分の子供を銜《くわ》へて行つて、母子心中をくはだてたといふ騒ぎが、さきごろ私の知人の家にあつた。やはりほかの犬への嫉妬から、家出をしたといふ犬の話も稀れには聞く。

手近な私の飼犬の例を一二拾つてみる。

ドイツ人の家に生れてゐたもので、とにかく小型長毛のテリアの雑種にはちがひないのであらうが、犬通に見せても素性の見当がつかない。その形がをかしくて、買つて来た仔犬であつた。成長してからも、その姿は誰をも笑はせ、誰にも尾を振り、番犬の役に立たないのはいいとしても、どうも悪賢くて、いろいろの悪癖が現れた。いつたい犬の悪癖は、仔犬の時にそれを直してやらない飼主の罪とはいへ、遺伝的なものになると、たいていの人間は根負けして、癇癪を起さずにゐられないほどに根深い。もろもろの感化事業も、人間の悪童を救ひ切れぬと同じである。

血統書ばかりでなく、親犬の習性をよく調べた上で、仔犬を買ふのは、愛犬家心得の一つである。

例へば糞尿にしても、雨などで散歩に出してやれぬ時は、一日でも二日でもこらへてゐるのでなければ、また外に連れ出した時は、家を二町以上離れてから尿するのでなければ、その犬は馬鹿であると、さる犬の大家が私に云つた。これなどは少し極端な言葉であるが、うちの庭を絶対に汚さないいくらゐの犬は、いくらもゐるのである。私の黒牡丹といふ犬などは、もう足の立たない死際にも、庭へ用を足しに下りて行つたほどの潔癖さを持つてゐながら、稀には寝小便をすることがあつた。たとへ仔犬だつて、犬は寝小便をするものではない。ところが黒牡丹には、さういふだらしのない狆の血がまじつてゐたらしいのである。

ドイツ人の家から来た犬の悪癖の一つは、なんでもかんでも嚙み砕き、また土を掘つて表に出ることであつた。もつともこれはテリア種ばかりでなく、多くの犬の持つてゐる習性だが、たいていは子供の時に止してしまふのが常なのに、この犬ばかりは生ひ立つに従つていよいよ盛んで、今に家が浮いてしまふだらうと私共が笑つたほど、床の下や壁の裾に大穴を穿ち、竹垣を食ひ破り、まことに神出鬼没、それはいいとしても、私のほかの犬達が、その穴から表にさまよひ出て、結局家人は一日中犬を捜し歩いてゐなければならないことになる。東京では犬を門から一足出せば、まづ盗まれると思はねばならぬし、第一そこらを浮浪しがちでは、それはもはや野良犬で、飼犬とはいひがたく、犬の生き生きしさも美しさも、すべて失はれてしまふ。道に出歩いてゐる雑種犬などは、もう乞食や浮浪人と同じであつて、正しい意味では、飼犬とは云へないのである。

決して放し飼ひしないことは、愛犬家心得の一つである。

放し飼ひしても、人の盗まぬやうな犬ならば、盗まれても惜しくないやうな犬ならば、犬に似た動物に飯をくれてゐるといふだけの話である。女房や子供を夜昼表におつぽり出しておいて、どこをほつき歩いてゐようと気にかけぬ人間は、先づあるまいが、それが犬だつて同じわけである。

さういふわけで、私のドイツ犬もほしい人があるのをさいはひ、手放してしまつた。先方で子供を産み、可愛がられてゐたやうであつたが、半年以上たつてから引き取つてもらへまいかと云つて来た。犬だつて一旦くれたものは、嫁入先から戻される娘のやうに、やはり疵ものである。なぜなら、向うの家風が犬にしみついてしまつてゐて、もうこちらの家風にぴつたりしないからである。犬を飼ふにも、処女性は尊ぶべきものである。三度主人を変へた犬は、飼ふに価しないといふほどである。

犬を訓練所に入学させ、また、犬猫病院へ入院させるにも、預け先の犬の扱ひをよく知つておくのは、愛犬家心得の一つである。

でないと、里子に出した子供がどうも他人の子供みたいになつて帰つて来るやうなことが起る。ましてドイツ犬は、かねてから私の家のもてあましものであつた。困つたことになつたと思つてゐると、夜なかに家のまはりで悲しげに鳴くのが、聞き覚えのその犬の声らしい。裏木戸をあけてみると、果してさうであつた。見る影もなくやつれ、またひどくいぢけてゐる。夜陰にまぎれて、わざわざ私の家の近くへ棄てに来るとは、心ない戻し方だと、私達は腹を立てた。悪癖をかくしてまた人にくれることも出来ず、棄てるわけにもゆかず、どうしたものかと四五日迷つてゐるうちに、どこかへ姿を消してしまつた。犬殺しにだけは決してつかまらない利口さのある犬だから、誰かに拾はれたのだらうかと、私達は気がかりであつた。

ところがその後、神田区の警察から照会があつて、はじめて思ひがけないことが明らかになつた。神田区の飼主が棄てに来たわけではなかつた。犬が自ら神田の家へ戻つて来たのであつた。また、誰かに拾はれたのでもなかつた。犬が自ら神田の家へ帰つて行つたのであつた。上野公園裏の私の家から神田の駿河台下近くまでは、一里近い、市中の道である。半年以上も前に、自動車で一度走つただけのその道を、この犬は覚えてゐて、往復したのであつた。犬の帰家性は鳩の帰巣性のやうに、動物の神秘である。ナポレオンのロシア遠征の時に、主人にはぐれたモフヰノといふ犬は、ヨオロツパの半ば以上を歩き、一年を費して、イタリイの主家へ辿りついた。東京から神戸へ越した人の犬は、肉屋へ使ひに出されると、東京の買ひつけの肉屋まで幾山河を越えて来て、その牛肉をまた神戸へ持つて帰つた。上野と駿河台下くらゐの往復はなんでもないのだが、この場合は、犬のわびしげな感情がまじつてゐるだけに、哀れであつた。つまり神田の主人の愛が薄らいだのを感じると、半年ぶりに元の主人が恋しく、私の家へ帰りたくなつたのである。しかし、せつかく戻つてみても予期に反して、喜び迎へられないのを知り、やつぱり神田の方がましかと、また私の家を出て行つたのである。それから後も、私の家の近所の人の話では、一二度神田から遊びに来たのを見かけたといふ。今度はもう、帰つて来たと悲しげな鳴声で私達に告げようともせず、私の家の庭へ入りもせず、ただ家の外をさまよつただけで、あきらめて神田へ行つたのである。人知れずわが家の姿を見に来る家出人、なつかしく辿りついたわが家の門口をあけることははばかつて、寂しく立ち去つて行く家出人、それに似た思ひを犬にさせたといふのも、もとはといへば、私がふとした出来心から仔犬を買つて来た罪なのである。

一時の気まぐれやたはむれ心から、犬を買つたり、貰つたりしないのは、愛犬家心得の一つである。

道を歩いて、犬さへ見れば頭を撫でて通り、後をつけて来る野良犬には悉く食を与へて住みつかせ、棄てられた仔犬は拾つて帰らずにはゐられず、犬の美醜善悪などにかかはりなく、ただもう可愛がる人もある。これは愛犬家の聖者かもしれないが、常人には望めないし、また、女とさへみれば手に入れないと気がすまない男が、一生に一人か二人より抜きの女しか愛せない男よりも、より多く女のまことを知つてゐるとは云へないやうに、犬でも数をこなすのが必ずしも多情仏心に入るとは限らないのである。

数を少く、質をよく、そして一人一犬を原則とするのが、愛犬家心得の一つである。

今家にゐる、ワイヤア・ヘエア・フオツクス・テリアの牡犬は、生れるときから女房が可愛がつてゐるので、彼女の後ばかり追つて歩き、十分に愛されてゐるといふ自信があるのか、ほかの犬に負けずに愛撫されようと競ふ場合にも、おつとりと明るく、嫉妬といふほどの感じはなかつた。ところが、近頃はじめてそれを見せた。新しく買つた、同種の牡牝の仔犬に対してである。前にも家に仔犬の産れたことはある。さうなれば勿論、家人は仔犬をいぢりがちなのに、この犬は一九頭の仔犬がゐたこともある。そこへよそから一腹を母子共に預つて、一時に向嫉妬の素振りはなかつた。してみると、自家で産れた仔犬には嫉妬せず、他家で産れて来た仔犬には嫉妬するのかと、私は考へたが、さうばかりではなく、今度の仔犬は血統も今の日本ではすぐれたもの、一腹六頭のうちよささうなのを二頭より出したもの、従つて相当に高価、生れてまだ二十日ばかりのを買ふと、犬屋が母犬を乳離れまで貸してくれ、店に残つた四頭は乳母犬につけたほどであるから、私達も大事にし、それがこの牡にも分るので、はじめて嫉妬を感じたらしい。つまりこれまで、いくら別の犬が来ようと、子供が産れようと、やはり自分の方がよけい愛されてゐると自惚れてゐたが、今度ばかりは少し怪しいと見てとつたのである。その証拠には、仔犬に対して嫉妬しながら、仔犬といつしよに来た母犬に対しては少しも嫉妬しない。ところがまた、仔犬が百日ばかりに生ひ立つて、母犬を犬屋へ返すと、この牡の仔犬に対する嫉妬は、掻き消すやうに薄らいでしまつた。これも不思議である。またこの牡は、家に仔犬が二頭ゐようと、九頭ゐようと、そのうちの一頭だけを特別に好いて、いつもその一頭ばかりをあやして遊ばせようとし、ほかの仔犬はあまり相手にしたがらない。しかも、この牡犬に好かれるのは、人間にもまた好かれる仔犬なのである。

私の家の犬の二つの例でも、少しは分る通り、すべて動物の心といふものは、人間が頭から馬鹿にしてかかつてゐるよりも、遥かに微妙で鋭敏なものである。

犬も家族の一員のつもりで、犬の心の微妙な鋭敏さに親しむことは愛犬家心得の一つである。やれ主人に殉死したとか、やれ人命を救助したとか、やれ戦場で偉勲を立てたとか、さういふ犬の美談ばかりを知つて、日常茶飯の親しみを忘れるのは、家庭を新派悲劇の舞台か戦場と心得て暮すのと同じである。曲芸団の子供が童心を失つてゐるやうに、あまり犬芝居めくしつけ方も私は好ましいと思はぬ。また鵜の眼鷹の眼で、犬の心理を観察するにもあたらぬ。ただ、雲や水を眺め、草花を賞でるのと同じやうに、犬を通じて自然の心に入るのが、なによりであらう。

犬に人間の模型を強ひて求めず、大自然の命の現れとして愛することは、愛犬家心得の一つである。

さうする方が反つて、犬の純潔さに触れることが出来るのである。そして、この犬の純潔さといふものは、なんといつても、純血種の犬に美しく伝はつてゐるやうである。

純血種を飼ふことは、愛犬家心得の一つである。

純血種は死にやすくて、飼ひにくいといふ。ヂステンパアにも弱いといふ。だから、初心の人は先づ雑種を飼へといふ。それも一理はあるが、痲疹《はしか》や疫痢がこはいから子供は産まない、賢い子供は体が弱いから阿呆な子供が産れればいい、そんな風に思ふ親があるだらうか。また高い犬を殺してはと恐れる人もあるが、そんなことをいへば、家財道具だつて、いつ火事で灰になるやらしれず、貯金も株も確かではなく、第一さういふ御当人の命が明日知れない。貰つた犬ならば粗末にする、高く買つた犬ならば注意する、それで結局同じである。私の経験によれば、犬はさう死ぬものではない。ヂステンパアにかかつた仔犬など、私の家にはまだ一頭もない。戦々兢々として犬の健康に神経を悩まされてゐるわけではなく、スパルタ式といふことを私は口癖にして、ただ大綱をつかんでゐるだけだが、その方が反つて丈夫なのは、人間の子を育てる場合と変りがない。

病気の治療法を学ぶよりも、犬の病気を予知することを覚えるのが、愛犬家心得の一つである。

仔犬の間は特に消化器の寄生虫、成犬は特に心臓糸状虫、それに気をつけてゐれば、たいてい大丈夫のやうである。軽症のうちなら、犬の病気は極めて治りやすい。それでも仔犬は不安とならば、純血種の牝の成犬を飼ふといい。普通は牡が喜ばれる。雑種がお産をしては、仔犬の始末に困るからである。けれども、純血種の仔犬だと、相当な値段で犬屋へ売れる。私のワイヤアの仔犬も牡の方を、二三ケ月前の買値の倍近い値段で、大阪の犬屋が買つて行つた。従つて、残りの牝の方は、ただのやうになつてしまつたわけである。さういふ計算をすると、これから何年間、この牝が産む仔犬達の売上高は、結局儲けといふことになる。

大阪の犬屋は、私の家の仔犬を買ひに、わざわざ上京して来たのである。牡牝とはいふものの、きやうだいであるから、夫婦には出来ないから、いづれは牡を手放すと、買ふ時に云つたのを覚えてゐて、私へ売つた犬屋が大阪でその話をし、連れ立つて買ひに来たのである。関西ではワイヤア・ヘエア・フオツクス・テリアが流行しはじめてゐる。流行となると、関西は気ちがひじみてゐる。セパアドもワイヤアも、いいものはどしどし関西へ高い値で買はれて行く。私のワイヤアの仔犬と同腹の六頭も私が売つたのを合せて、五頭まで関西へ行つてしまつた。母犬はあまりよくないが、バロヴイアン・プリンスといふ父犬は、ワイヤアの輸入犬として今日最もすぐれ、関西の展覧会などを犬屋が連れて歩いて人気を煽つて来たものだから、是が非でもその系統をといふ客に、大阪の犬屋が金を預つて上京して来たのである。

ところが私の方は育ててみると、もう手離す気はなくなつてゐる。可愛いざかりの仔犬を売るくらゐなら、原稿を書く。まして二頭の仔犬の仲のいいことは、家へ来る人のあきれるばかりで、炭なども両端を銜へて走り、お互ひの体に頭を載せ合つて眠り、なにをするにもいつしよだから、今離すのは可哀想のやうに思へる。女房は女のこととて尚更感情的に、よそへやる気にはなれぬとことわると、大阪の犬屋は青くなつて、買ふまで東京を動かぬと云ふし、東京の犬屋は仲間を騙して遥々誘ひ出して来たやうで困り果てるし、女房は犬屋が気の毒やら、犬が惜しいやらで、たうとう全身にぐつしより汗をかいたほどであつた。私は勿論値段など犬屋まかせだつたが、もし慾を出せばずゐぶん取れさうであつた。

こんな風に売れたのはまぐれあたりにしろ、結局なんでも、いいものを買つておけば、損はないのである。しかし、例へばセパアドの牡一頭を種に数万円の利益をあげた素人があるからといつて、かけ牡で儲けようとするのは、莫大な金を費しての輸入競争となり、宣伝競争となり、いはゆる紳士犬屋となつて、愛犬趣味を超える恐れがあり、競馬狂のやうに家をつぶすほどの失敗を招くことも多いから、牝犬に子供を産ませて楽しみながら、小遣の足しにでもする方が、内職としてもまちがひが少なからう。

先づ牝犬を飼つて、その子供を育ててみるのが、愛犬家心得の一つである。犬の妙味といふものは、自分が臍の緒を切つてやつた仔犬を育て上げないと、十分には知れないのである。腹をいためた実子と貰ひ子とのちがひは、たしかに犬にもある。犬を飼ふといふよりも、犬を育てるといふ心持をどこまでも失はないのは、愛犬家心得の一つである。

小鳥にしろ、犬にしろ、子飼ひにしくはないのである。正月といふもののきらひな私は、枕もとに小鳥籠を並べ、寝床に小型の犬を入れ、蒲団の上に木の葉みみづくを仰向けに眠らせ、せめて敷布と枕覆ひを新しくし、この三ケ日をぼんやり寝て暮すつもりである。

（この文章は未完である。従つて私の「愛犬家心得」は、以上に尽きるわけではない。）

著者略歴・出典（掲載順）

押井守　おしい まもる

1951年、東京都生まれ。映画監督。『機動警察パトレイバー 2 the Movie』『GHOST IN THE SHELL／攻殻機動隊』『イノセンス』『スカイ・クロラ The Sky Crawlers』などのアニメ映画を多数手がける。

◎出典：『犬の気持ちは、わからない 熱海バセット通信』エンターブレイン

団鬼六　だん おにろく

1931年、滋賀県生まれ。小説家。『花と蛇』『真剣師 小池重明』『美少年』『檸檬夫人』『最後の愛人』『往きて還らず』など著書多数。2011年没。

◎出典：『愛人犬アリス』ブックマン社

米原万里　よねはら まり

1950年、東京都生まれ。ロシア語通訳者、エッセイスト、作家。『不実な美女か貞淑な醜女《ブス》か』『魔女の1ダース 正義と常識に冷や水を浴びせる13章』『嘘つきアーニャの真っ赤な真実』『オリガ・モリソヴナの反語法』など著書多数。2006年没。

◎出典：『ヒトのオスは飼わないの？』文春文庫

手塚治虫　てづか おさむ

1928年、大阪府生まれ。漫画家、アニメーション作家。『ジャングル大帝』『鉄腕アトム』『ブラック・ジャック』『火の鳥』『アドルフに告ぐ』など作品多数。戦後から現在までの漫画・アニメ界に多大な影響を与えた。1989年没。

◎出典：『手塚治虫ランド』大和書房

坂口安吾　さかぐち あんご

1906年、新潟県生まれ。小説家。おもな著書に『堕落論』『白痴』『桜の森の満開の下』『青鬼の褌を洗ふ女』『織田信長』『不連続殺人事件』『安吾巷談』『夜長姫と耳男』『狂人遺書』など。1955年没。

◎出典：『坂口安吾全集　別巻』筑摩書房

檀一雄　だん かずお

1912年、山梨県生まれ。小説家。51年『真説石川五右衛門』で直木賞を受賞。おもな著作に『花筐』『虚空象嵌』『リツ子・その愛』『リツ子・その死』『ペンギン記』『火宅の人』『太宰と安吾』など。1976年没。

◎出典：『坂口安吾全集　別巻』筑摩書房

向田邦子　むこうだ くにこ

1929年、東京生まれ。脚本家、エッセイスト、小説家。『寺内貫太郎一家』『阿修羅のごとく』などテレビドラマの脚本を多数執筆。80年『思い出トランプ』に収録の「花の名前」ほか2作で直木賞を受賞。著書に『父の詫び状』など。1981年没。

◎出典：『新装版　眠る盃』講談社文庫

小沼丹　おぬま たん

1918年、東京生まれ。小説家、英文学者。『村のエトランジェ』『白孔雀のいるホテル』『懐中時計』『銀色の鈴』『椋鳥日記』『藁屋根』など著書多数。89年日本芸術院会員。1996年没。

◎出典：『小さな手袋』講談社文芸文庫

草野心平　くさの しんぺい

1903年、福島県生まれ。詩人。おもな著書に『第百階級』『母岩』『富士山』『日本沙漠』『マンモスの牙』などの詩集のほか、童話や小説なども多数。87年文化勲章。1988年没。

◎出典：『わが生活のうた〈草野心平随想集〉』社会思想社

椎名誠　しいな まこと

1944年、東京都生まれ。小説家、エッセイスト。『さらば国分寺書店のオババ』『アド・バード』『武装島田倉庫』『銀天公社の偽月』『わしらは怪しい探検隊』『犬の系譜』『岳物語』『階層樹海』『幕張少年マサイ族』など著書多数。

◎出典：『犬から聞いた話をしよう』新潮社

杉浦日向子　すぎうら ひなこ

1958年、東京都生まれ。漫画家、エッセイスト。漫画作品に『合葬』『二つ枕』『百日紅』『東のエデン』『ゑひもせす』、エッセイに『江戸へようこそ』『大江戸観光』『隠居の日向ぼっこ』など。2005年没。

◎出典：『江戸へおかえりなさいませ』河出書房新社

吉野朔実　よしの さくみ

1959年、大阪府生まれ。漫画家、エッセイスト。漫画作品に『少年は荒野をめざす』『ジュリエットの卵』『恋愛的瞬間』『瞳子』『透明人間の失踪』『period』、エッセイに『お父さんは時代小説《チャンバラ》が大好き』など。2016年没。

◎出典：『吉野朔実劇場　犬は本よりも電信柱が好き』本の雑誌社

高橋久美子　たかはし くみこ

1982年、愛媛県生まれ。バンド活動を経て2012年より作家・作詞家に。著書に、小説集

『ぐるり』、旅エッセイ『旅を栖とす』、エッセイ集『いっぴき』、詩画集『今夜凶暴だからわたし』など。歌詞提供や翻訳も手がける。
◎出典：『いっぴき』ちくま文庫

田辺聖子　たなべ せいこ

1928年、大阪府生まれ。小説家。64年『感傷旅行（センチメンタル・ジャーニィ）』で芥川賞を受賞。『花衣ぬぐやまつわる……わが愛の杉田久女』『ひねくれ一茶』など著書多数。2008年文化勲章。2019年没。
◎出典：『文藝春秋特別版　犬のいる人生　犬のいる暮らし』2004年3月臨時増刊号、文藝春秋

江藤淳　えとう じゅん

1933年、東京生まれ。評論家。『夏目漱石』『小林秀雄』『漱石とその時代』『海は甦える』『成熟と喪失』『一族再会』『自由と禁忌』など著書多数。1999年没。
◎出典：『犬と私』三月書房

幸田文　こうだ あや

1904年、東京生まれ。随筆家、小説家。父は作家の幸田露伴。57年『流れる』で日本芸術院賞を受賞。『黒い裾』『おとうと』『闘』『崩れ』『包む』など著書多数。娘は随筆家の青木玉。1990年没。
◎出典：『幸田文 どうぶつ帖』青木玉編、平凡社

服部みれい　はっとり みれい

岐阜県生まれ。文筆家、編集者、詩人、『マーマーマガジン』（現『まぁまぁマガジン』）発行人。『冷えとりガールのスタイルブック』『うつくしい自分になる本』『みの日記』『好きに食べたい』など著書多数。
◎出典：『わたしと霊性』平凡社

徳川夢声　とくがわ むせい

1894年、島根県生まれ。放送芸能家、随筆家、俳優。映画の弁士、ラジオ・テレビの司会者、出演者として活躍。ラジオ朗読『宮本武蔵』で国民的人気を得る。『夢声戦争日記』『夢声自伝』など著書多数。1971年没。

◎出典：『夢声の動物記』ちくま文庫

荒畑寒村　あらはた かんそん

1887年、神奈川県生まれ。社会運動家、政治家。1904年に横浜平民結社を組織。労農派として活動し、戦後は日本社会党結成に参加した。著書に『谷中村滅亡史』『寒村自伝』など。1981年没。

◎出典：『荒畑寒村著作集8 随筆』平凡社

横山隆一　よこやま りゅういち

1909年、高知県生まれ。漫画家。32年に新漫画派集団（現・漫画集団）を結成。56年から71年まで毎日新聞に『フクちゃん』を連載。著書に『勇気』『百馬鹿』など。94年文化功労者。2001年没。

◎出典：『さよならフクちゃん』毎日新聞社

深沢七郎　ふかざわ しちろう

1914年、山梨県生まれ。小説家。『楢山節考』『東北の神武たち』『笛吹川』『風流夢譚』『みちのくの人形たち』など著書多数。「ラブミー農場」や今川焼屋の経営、ギターリサイタルの開催など幅広く活躍した。1987年没。

◎出典：『たったそれだけの人生 深沢七郎対談集』集英社

中上健次　なかがみ　けんじ

1946年、和歌山県生まれ。小説家。76年に『岬』で芥川賞を受賞。『枯木灘』『鳳仙花』『地の果て　至上の時』『十九歳の地図』『千年の愉楽』『日輪の翼』『奇蹟』など著書多数。1992年没。

◎出典：『たったそれだけの人生　深沢七郎対談集』集英社

戸川幸夫　とがわ　ゆきお

1912年、佐賀県生まれ。小説家。54年に『高安犬物語』で直木賞を受賞。『子どものための動物物語』『イリオモテヤマネコ』『戸川幸夫動物文学全集』など著書多数。動物の保護・愛護活動にも尽力した。2004年没。

◎出典：『どうぶつ白話』毎日新聞社

田中小実昌　たなか　こみまさ

1925年、東京生まれ。小説家、随筆家、翻訳家。79年に『香具師の旅』所収の「浪曲師朝日丸の話」「ミミのこと」で直木賞を受賞。『ポロポロ』『カント節』『ないものの存在』など著書多数。2002年没。

◎出典：『田中小実昌エッセイ・コレクションⅠ　ひと』ちくま文庫

長谷川町子　はせがわ　まちこ

1920年、佐賀県生まれ。漫画家。新聞連載された4コマ漫画『サザエさん』で人気を博す。その他の作品に『エプロンおばさん』『意地悪ばあさん』など。82年文化功労者、没後に国民栄誉賞を受賞。1992年没。

◎出典：『サザエさん旅あるき』朝日新聞出版

柴田元幸　しばた　もとゆき

1954年、東京都生まれ。翻訳家。現代アメリカ文学の翻訳を数多く手がける。『生半可な學者』

『アメリカン・ナルシス』『ケンブリッジ・サーカス』『翻訳教室』など著書多数。文芸誌『Monkey』の責任編集を務める。

◎出典：『猿を探しに』新書館

山田風太郎　やまだ ふうたろう

1922年、兵庫県生まれ。小説家。『甲賀忍法帖』『くノ一忍法帖』『江戸忍法帖』など一連の作品で忍法ブームを起こす。『眼中の悪魔』『魔界転生』『戦中派不戦日記』『警視庁草紙』など著書多数。2001年没。

◎出典：『死言状』ちくま文庫

辻まこと　つじ まこと

1913年、福岡県生まれ。詩人、画家。父は評論家の辻潤、母はアナキストの伊藤野枝。戦後、雑誌『歴程』などに挿絵や風刺画文を発表。著書に『山からの絵本』『虫類図譜』など。1975年没。

◎出典：『画文集 山の声』ちくま文庫

室生犀星　むろお さいせい

1889年、石川県生まれ。詩人、小説家。『愛の詩集』『抒情小曲集』『幼年時代』や『性に眼覚める頃』『あにいもうと』『杏つ子』『かげろふの日記遺文』『蜜のあはれ』など著書多数。童話や随筆、俳句も多数遺した。1962年没。

◎出典：『新版動物のうた』大日本図書

種田山頭火　たねだ さんとうか

1882年、山口県生まれ。俳人。禅僧として放浪の旅に出、日本各地を経て松山で没するまで、漂泊生活を題材に句作を行った。自由律俳句の代表的俳人として知られる。おもな句集に『鉢の子』『草木塔』など。1940年没。

◎出典：『定本 山頭火全集 第六巻』春陽堂書店

クラフト・エヴィング商會

吉田浩美（１９６４年東京都生まれ）と吉田篤弘（１９６２年東京都生まれ）による制作ユニット。著作のほか装幀の仕事を数多く手がける。『クラウド・コレクター／雲をつかむような話』『ないもの、あります』『じつは、わたくしこういうものです』など著書多数。

◎出典：『テーブルの上のファーブル』筑摩書房

石井桃子《いしいももこ》

１９０７年、埼玉県生まれ。翻訳家、児童文学作家、随筆家。「クマのプーさん」「うさこちゃん」「ピーターラビット」シリーズなどの翻訳を手がける。著書に『ノンちゃん雲に乗る』（芸術選奨文部大臣賞）『山のトムさん』ほか。２００８年没。

◎出典：『家と庭と犬とねこ』河出書房新社

江國香織《えくにかおり》

１９６４年、東京都生まれ。小説家。２００４年『号泣する準備はできていた』で直木賞を受賞。『こうばしい日々』『きらきらひかる』『泳ぐのに、安全でも適切でもありません』『犬とハモニカ』『去年の雪』など著書多数。

◎出典：『雨はコーラがのめない』新潮文庫

小川洋子《おがわようこ》

１９６２年、岡山県生まれ。91年に『妊娠カレンダー』で芥川賞、２０１３年に『ことり』で芸術選奨文部科学大臣賞を受賞。『博士の愛した数式』『ブラフマンの埋葬』『ミーナの行進』『薬指の標本』『小箱』など著書多数。

◎出典：『とにかく散歩いたしましょう』毎日新聞社

安岡章太郎　やすおかしょうたろう

１９２０年、高知県生まれ。小説家。53年に「陰気な愉しみ」「悪い仲間」で芥川賞を受賞。『海辺の光景』『幕が下りてから』『流離譚』『果てもない道中記』など著書多数。２００１年文化功労者。２０１３年没。

◎出典：『愛犬物語』ＫＳＳ出版

梨木香歩　なしきかほ

１９５９年、鹿児島県生まれ。小説家。『西の魔女が死んだ』『裏庭』『家守綺譚』『沼地のある森を抜けて』『冬虫夏草』『海うそ』『ぐるりのこと』『水辺にて』『渡りの足跡』『岸辺のヤービ』など著書多数。

◎出典：『不思議な羅針盤』文化出版局

池内紀　いけうちおさむ

１９４０年、兵庫県生まれ。ドイツ文学者、エッセイスト。訳書に『カフカ短篇集』『ファウスト』、著書に『二列目の人生』『恩地孝四郎』『海山のあいだ』など。２０１９年没。

◎出典：『犬の話』角川文庫

鴨居羊子　かもいようこ

１９２５年、大阪府生まれ。デザイナー、エッセイスト、画家。新聞記者を経て、婦人用下着のデザイン・製造販売を始め、「チュニック制作室」を設立。著書に『下着ぶんか論』『のら犬のボケ』など。１９９１年没。

◎出典：『鴨居羊子コレクション2　のら犬・のら猫』国書刊行会

尾崎放哉　おざき ほうさい

１８８５年、鳥取県生まれ。俳人。保険会社勤務を経て、１９２３年に京都の一燈園に入所。以後各地を放浪し、小豆島の西光寺南郷庵堂守となる。種田山頭火とともに自由律俳句の代表的俳人。１９２６年没。

◎出典：『尾崎放哉全句集』ちくま文庫

吉本ばなな　よしもと ばなな

１９６４年、東京都生まれ。小説家。87年『キッチン』で海燕新人文学賞を受賞しデビュー。『うたかた／サンクチュアリ』『TUGUMI』『アムリタ』『不倫と南米』など著作多数。著作は30か国以上で翻訳出版されている。近著に『吹上奇譚 第三話 ざしきわらし』など。

◎出典：『小さな幸せ46こ』中公文庫

山本容子　やまもと ようこ

１９５２年、埼玉県生まれ。銅版画家。『犬のルーカス』『おこちゃん』『パリ散歩画帖』『京都遊び 三十三景』『チューリップ畑をつまさきで』『詩画集 プラテーロとわたし』など著書多数。書籍の装幀、挿画も数多く手がける。

◎出典：『犬は神様』講談社

舟越保武　ふなこし やすたけ

１９１２年、岩手県生まれ。彫刻家。「原の城」「長崎26殉教者記念像」「ダミアン神父」などの彫刻作品を発表。78年芸術選奨文部大臣賞を受賞。著書に『舟越保武作品集』『石の音、石の影』など。２００２年没。

◎出典：『舟越保武全随筆集 巨岩と花びら ほか』求龍堂

寺山修司　てらやま しゅうじ

1935年、青森県生まれ。詩人、歌人、劇作家。演劇実験室「天井桟敷」主宰。歌集『血と麦』『田園に死す』、小説『あゝ、荒野』、戯曲『血は立ったまま眠っている』、評論集『遊撃とその誇り』など著書多数。1983年没。

◎出典：『悲しき口笛』ハルキ文庫

金子みすゞ　かねこ みすず

1903年、山口県生まれ。詩人。雑誌『童話』『婦人倶楽部』『婦人画報』『金の星』などで童謡や詩を多数発表。代表作に「大漁」「わたしと小鳥とすずと」など。1930年没。

◎出典：『金子みすゞ名詩集』彩図社文芸部 編、彩図社

管啓次郎　すが けいじろう

1958年生まれ。詩人、批評家。おもな著書に『コロンブスの犬』『狼が連れだって走る月』『ストレンジオグラフィ』『斜線の旅』(読売文学賞)、詩集に『Agend'Ars』4部作、『数と夕方』『狂狗集』など。

◎出典：『詩集 犬探し／犬のパピルス』Tombac（発売 インスクリプト）

安西水丸　あんざい みずまる

1942年、東京生まれ。イラストレーター。書籍の装幀・挿画や広告など多方面で活躍し、マンガ『青の時代』、絵本『がたん ごとん がたん ごとん』、エッセイ『美味しいか恋しいか』、小説『アマリリス』など著書多数。2014年没。

◎出典：『メロンが食べたい』実業之日本社

中野孝次　なかの こうじ

1925年、千葉県生まれ。ドイツ文学者、小説家、評論家。『ブリューゲルへの旅』『麦熟るる日

に』『ハラスのいた日々』『暗殺者』『清貧の思想』『風の良寛』『セネカ　現代人への手紙』など著書多数。２００４年没。

◎出典：『犬のいる暮し』文藝春秋

白洲正子　しらす　まさこ

１９１０年、東京生まれ。随筆家。幼少より能を習い、女人禁制とされていた能舞台に女性演者として初めて立つ。夫は実業家の白洲次郎。『能面』『かくれ里』『謡曲・平家物語紀行』『西行』など著書多数。１９９８年没。

◎出典：『縁あって』ＰＨＰ文芸文庫

いせひでこ

１９４９年、北海道生まれ。画家、絵本作家。『マキちゃんのえにっき』『１０００の風　１０００のチェロ』『ルリユールおじさん』『旅する絵描き　パリからの手紙』『見えない蝶をさがして』など著書多数。

◎出典：『グレイのものがたり』中公文庫

川端康成　かわばた　やすなり

１８９９年、大阪府生まれ。小説家。１９６１年文化勲章、68年ノーベル文学賞を受賞。『伊豆の踊子』『抒情歌』『禽獣』『雪国』『千羽鶴』『山の音』『眠れる美女』『古都』など著書多数。１９７２年没。

◎出典：『川端康成全集第二十六巻』新潮社

・各作品の表記は原則として底本に従いましたが、漢字については新字体を採用しました。また、読みやすさを考慮して適宜ルビを補いました。
・収録に際し、エッセイの前後を省略、または表記を一部修正した作品があります。
・今日の観点からは不適切と思われる語句や表現がありますが、作品が発表された当時の時代背景や文学性を考慮し、作品を尊重して原文のまま掲載しました。
・掲載にあたり、著作権者の方とご連絡が取れなかったものがあります。お心当たりの方は編集部までご一報いただきますようお願いいたします。

◎撮影
服部福太郎（カバー裏、表紙）
鈴木雅也（p.51）
土門拳（p.251）

◎写真・図版・資料提供
手塚プロダクション（p.42-47）
公益財団法人土門拳記念館（p.251）

作家と犬

◎編者＝平凡社編集部　◎発行者＝下中順平　◎発行所＝株式会社平凡社
〒１０１・００５１　東京都千代田区神田神保町３ノ29　☎＝０３・３２３０・６５９３（編集）　０３・３２３０・６５７３（営業）　振替＝００１８０・０・２９６３９　https://www.heibonsha.co.jp/　◎印刷＝株式会社東京印書館　◎製本＝大口製本印刷株式会社

◎ISBN 978-4-582-74712-6　C0091　◎ＮＤＣ分類番号９１０　◎Ｂ６変型判（18・０cm）　総ページ３０４　◎落丁・乱丁本のお取り替えは小社読者サービス係までお送りください（送料小社負担）。

２０２１年６月16日　初版第１刷発行
２０２４年９月６日　初版第３刷発行

作家の猫

夏目漱石、南方熊楠から谷崎潤一郎、藤田嗣治、大佛次郎、稲垣足穂、幸田文、池波正太郎、田村隆一、三島由紀夫、開高健、中島らもまで、猫を愛した作家と作家に愛された猫の永久保存版アルバム。

作家の猫2

猫好きの作家と作家に愛された猫の物語、第2弾。赤塚不二夫、立松和平、池部良、田中小実昌、萩原葉子、城夏子、宮迫千鶴、武満徹、久世光彦、川本恵子、鴨居羊子、加藤楸邨、中村汀女、佐野洋子ほか。

作家のおやつ

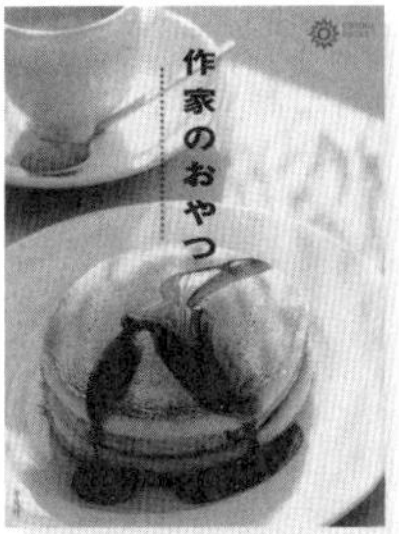

三島由紀夫、開高健、手塚治虫、池波正太郎、植草甚一、植田正治、向田邦子など31人の作家が日頃食したお菓子やフルーツを紹介。甘さ、辛さのなかに作家の隠された素顔が現れる。

作家のお菓子

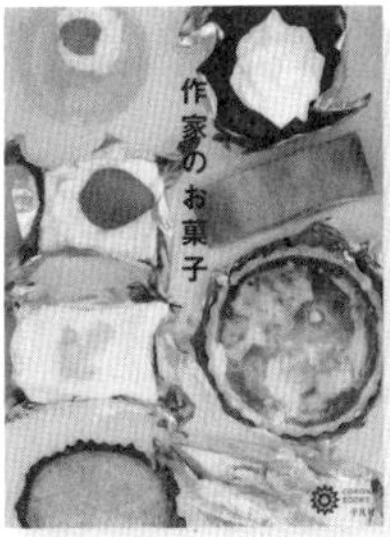

シリーズ好評の「作家のおやつ」、待望の続編。谷崎潤一郎、野坂昭如、森村桂、ナンシー関、水木しげるほか、多数掲載。おやつにこだわる作家らのエピソードを一挙公開。